먼 미래에도

우리가

서로의 심장을

느낄 수 있다면...

2022. 1.

조 해 진

드림

우리에게
허락된
미래

우리에게
허락된
미래

조해진 짧은 소설
곽지선 그림

마음산책

조해진

소설 쓰는 사람으로 18여 년 동안 지내오면서 소설집 『천사들의 도시』『목요일에 만나요』『빛의 호위』『환한 숨』, 장편소설 『한없이 멋진 꿈에』『로기완을 만났다』『아무도 보지 못한 숲』『여름을 지나가다』『단순한 진심』『완벽한 생애』를 썼다. 신동엽문학상, 젊은작가상, 이효석문학상, 대산문학상, 김만중문학상 등을 수상했다.

우리에게
　허락된
　　미래

1판 1쇄 인쇄 2022년 1월 15일
1판 1쇄 발행 2022년 1월 20일

지은이 | 조해진
그린이 | 곽지선
펴낸이 | 정은숙
펴낸곳 | 마음산책

편집 | 권한라 · 성혜현 · 김수경 · 이복규 · 나한비
디자인 | 최정윤 · 오세라 · 차민지
마케팅 | 권혁준 · 권지원 · 김은비
경영지원 | 박지혜

등록 | 2000년 7월 28일(제13-653호)
주소 | (우 04043) 서울시 마포구 잔다리로 3안길 20
전화 | 대표 362-1452 편집 362-1451 　팩스 | 362-1455
홈페이지 | www.maumsan.com
블로그 | blog.naver.com/maumsanchaek
트위터 | twitter.com/maumsanchaek
페이스북 | facebook.com/maumsan
인스타그램 | instagram.com/maumsanchaek
전자우편 | maum@maumsan.com

ISBN 978-89-6090-721-8 03810

최악은 지나갔다는 안도와
곧 진짜 최악이 오리라는 불길한 예감 사이에
이 세계는 존재하는지도 몰랐다.

　제가 사는 집 근처에는 40여 년 동안 건재한 제법 큰 시장이 있습니다. 3년 전 이 집을 보러 왔을 때, 시장이 뿜어내는 에너지에 위안을 받은 기억이 납니다. 저렴한 식재료와 눈 닿는 곳마다 있는 먹거리를 구경하며 이 동네에 살면 적어도 굶지는 않겠다는 안도 어린 생각도 했죠. 날마다 시장을 오가며 여름에는 납작한 중국호떡을, 겨울에는 붕어빵을 파는 할머니와 땅콩과 튀밥에 정통하고 길고양이 한 마리를 돌보는 아주머니에게는 종종 안부도 묻게 되었습니다. 주말이나 명절 즈음 시장은 여전히 북적이지만, 샛길로 조금만 벗어나도 빈 점포가 눈에 띄곤 합니다. 폐업, 점포 정리, 폭탄 세일, 마지막 기회, 그런 글씨들이 굵은 매직으로 쓰인 쇼윈도를 발견하는 날도 점점 많아지고 있죠.

2년여 전부터 균열이 생기고 조금씩 무너지고 있는 이 세계의 귀퉁이에서 우리는 어떤 자세로 살아가야 하는 건지 자주 고민하곤 했습니다. 『우리에게 허락된 미래』는 실은 '허락하고 싶지 않은 미래'의 다른 표현인지도 모르겠습니다. 허락하고 싶지 않아서, 미래 세대가 현재의 과오와 남용에서 자유롭기를 바랐기에, 이 소설집에 실린 작품들을 한 편 한 편 완성해갈 수 있었습니다.

　가깝거나 먼 미래로의 이 여정을 가능하도록 해준 마음산책과 김수경 편집자님에게 감사드립니다. 아울러 2008년에 계간 〈문예중앙〉에 발표한 「CLOSED」를 새롭게 선보일 수 있다는 것이 이 소설집을 구상하고 완성하는 데 큰 동기와 용기로 작동했음을 밝힙니다. 「CLOSED」는 신인 시절 열정 하나로 쓰고 발표한 작품이었지만 지난 18여 년 동안 그 어떤 소설집에도 실을 수 없었습니다. 먼 미래에 혼자 남겨진 한 사람의 이야기가 동시대의 어두운 현장이나 과거의 이미 봉쇄된 서사에 집중해왔던 그간의 제 작업과 겉돈다고 생각해서였습니다. 그 외에도 차곡차곡 상상해온 이야기가 이 소설집에는 담겨 있습니다. 누군가에게 이 이야기들이 향유하고 싶고 기억하고 싶은 또 하나의 영토가 되기를 바랍니다.

오늘은 어제보다 더 행복하길, 이 책을 읽는 모든 분들께 인사합니다.

비록 우리는 '팬데믹'이라는 뜻밖의 생의 조건에 저마다 어리둥절한 채로 2020년대를 맞았지만 웃고 웃으며, 내일, 또 다른 내일, 문장과 문장 사이의 공유지에서 다시 만나기를 바랍니다.

그 진심을 담았습니다.

2022년, 우리의 상상력이 아직은 쓸모 있는 시대에
조해진 드림

차례

내 가방 속에는 아직 먹을 것이 조금 남아 있고
서울에는 두 사람의 식량을 책임질 만한 텃밭이 있다는 것,
나는 내가 가진 그 정도의 행운을 믿기로 했다.

X-이경

D-26

사원증을 꺼내 출퇴근 기록기에 체크를 하고 사무실 안으로 들어서자 공용 테이블에 쌓여 있는 초청장 더미가 눈에 들어왔다. 재단은 매년 11월 초에 인권영화제를 개최하는데, 초청장은 상영작들의 감독과 스태프들, 배우들, 제작사와 투자사의 직원들에게 발송될 터였다. 개막식과 폐막식 참가자 명단 작성이랄지 팸플릿 시안 검토 같은 업무들이 차례로 떠오르긴 했지만 그중 반드시 처리해야 하는 시급한 업무는 없는 셈이라고 이경은 생각했다. 오늘은 D-26일이고 영화제는 29일 후에 개최될 예정이었다. 그날이 온다면, 영화제는 자연스럽게 무산되는 것이다.

사라질 테니까.

영화제가 열리는 서울극장, 서울극장 주변의 상가들과 오가는 사람들, 차량들, 건물과 조형물 모두. 모든 것이, 종로와 서울과 한국, 그리고 이경이 발을 디뎌본 적조차 없는 대륙과 섬들이 무너지고 휩쓸리고 불에 타는 장면 속에 있을 것이다. 유튜브에는 그날을 예측하는 동영상이 하루에도 수천, 수만 개씩 업로드되는 중이었다.

컴퓨터를 켜고 커피를 한 잔 마시는 동안 다른 직원들도 하나둘 출근을 시작했다. 언뜻 보면 평소와 다를 것 없었지만 자세히 보면 하나같이 어리둥절함이 깃든 얼굴로 그들은 나타났다. 일해도 되는 것일까. 아니, 일을 해야 한단 말인가, D-26일에. 그런 의문은 흙덩어리처럼 대충 뭉쳐 있다가 출근을 하기 위해 단잠에서 깨고 번잡한 대중교통에 몸을 싣고 사무실의 배정된 책상에 앉아 컴퓨터를 켜는 동안 구체적인 불안감으로, 혹은 맹렬한 허무로 조각되는 것이리라. X가 모든 미디어를 통해 세상에 알려진 날부터 사람들은 그렇게 닮아가기 시작했다고 이경은 느꼈다. 그러니까 도화선에 불이 붙은 폭탄이

터질지 불발에 그칠지 무력하게 지켜보기만 해야 하는 얼굴들······.

오늘도 무단결근자는 있었다. 열두 명의 직원 중 여섯 번째 무단결근자는 여름에 채용된 신입이었다. 에너지 넘치는 유쾌한 모습으로 일하던 그를 다들 기억할 텐데도 그의 부재를 언급하는 직원은 없었다. 오전 회의에서 이경은 좀처럼 회의 내용에 집중하지 못한 채 그런 날을 상상해봤다. 어느 날 사무실 문을 연다. 서늘한 기운이 감돌고, 점심시간이 지날 때까지 아무도 출근하지 않는다. 텅 빈 책상들, 울리지 않는 전화, 전원이 꺼진 복사기, 캄캄한 복도와 작동하지 않는 엘리베이터······. 어쩌면 바로 내일의 풍경이 될지도 몰랐다.

점심시간엔 여느 때처럼 식당 아케이드가 있는 빌딩 지하로 내려갔는데, 개업 기념으로 반값 할인을 한다는 초밥집을 발견한 팀장이 앞장서면서 이경과 직원들의 발길도 자연스럽게 그곳으로 향했다. 홀의 텔레비전에서는 간밤에 일어난 크고 작은 범죄들, 갑자기 증가한 자살률과 기승을 부리는 사재기, 그리고 이 와중에 호황을 누리는 가정용 방공호 설치 회사에 대한 뉴스가 흘러나왔고 직원들은 말없이 초밥과 미니우동을 먹는 데만 집중했다. 이경은 그날을 26일 남겨두고 개업한 식당이나 반값에 점심을 해결하기 위해 그 식당에 앉아 있는 회사원들이 부조리극에 어울린다는 생각에 빠져 있었다. 25퍼센트라는 애매한 확률 때문일 것이다. 네 번에 세 번은 살고 한 번은 죽을지 모른다는 삶의 새로운 조건은 모든 것을 포기할 만큼의 비관으로 변형되기에도, 그렇다고 아무 일 아닌 양 무시하고 넘기기에도 애매했다.

애매한 수치였다.

X를 처음 알게 된 날이 떠올랐다. 태양계 밖 거대 행성이 수천만 년 만에 태양계로 근접하면서 일부 소행성들의 궤도가 헝클어졌는데 그중 X의 위험성이 발견되었다는 속보가 세상의 모든 미디어를 통해 타전됐던 날……. 그날 이경은 속도와 무게를 표현하는 단위와 숫자들, 그리고 그 의미도 알 수 없는 전문용어로 X를 설명하는 속보 화면 속 외국인 우주과학자를 지구의 모든 거주인들과 함께 속수무책으로 지켜보고만 있었다. 윤수 씨와 예식장을 예약하고 돌아오던 길이었는데, 식사

코스를 정하는 과정에서 다툰 탓에 차 안은 적막했고 도로는 꽉 막혀 있었다. 운전 중이던 윤수 씨는 이경의 휴대전화에서 흘러나오는 속보를 처음엔 대수롭지 않게, 나중에는 손톱을 물 어뜯으며 들었다.

그리고, 무슨 일이 일어났던가.

이후 항공우주국에서 시뮬레이션을 한 결과 네 번에 한 번은 X와 지구가 충돌하는 결과가 나왔다는 뉴스, 그러나 X에 흡수되는 태양에너지의 양에 따라 X의 궤도는 언제라도 다시 변경될 수 있고 지구 또한 초당 30킬로미터씩 질주하는 행성이니 현재로서는 충돌 확률을 계산하는 게 무의미하다는 뉴스가 이어졌다. 불행하게도 충돌이 일어난다면 지구가 어떻게 변하고 인류는 얼마나 생존할지 정확한 예측은 불가능하다고 했다. X, 모든 것이 치명적으로 불확실한 X, X는 그래서 X였다.

식사비는 일단 이경이 계산하고 다른 직원들은 이경의 계좌에 이체를 하기로 했다. 무모와 낙관 사이 어디쯤에 생명을 담보로 넘긴 식당 주인이 이경이 내미는 카드를 받았다. 카드

영수증이 출력되는 동안, 이경은 식당 주인에게 한 달 후의 운명도 알 수 없는 이때에 어쩌자고 개업을 했느냐고 진지하게 묻고 싶은 충동을 억누르느라 발끝까지 힘을 주고 있어야 했다.

사무실로 돌아온 뒤엔 영화제와 관련된 본격적인 업무가 시작됐다. 이경은 이메일로 도착한 팸플릿 시안을 검토하다가 문득 고개를 들어 각자의 일에 열중해 있는 직원들을 둘러보았고, 그러다가 조용히 의자에서 일어나 재킷과 가방을 챙겼다. 오후 4시 15분이었다. 이경이 또각또각 구두 소리를 내며 사무실에서 걸어 나올 때 이경에게 어디 가느냐고 묻는 직원은 없었다. 오히려 완고하게 저마다의 책상에 고개를 파묻고 있어서 다들 이경 쪽을 보지 않으려고 필사적으로 애쓰는 것처럼 보일 정도였다.

거리로 나오자 옷깃과 머리칼이 바람에 흐트러졌다. 어제보다 한결 차가워진 바람은 지구가 X와 상관없이 여전히 정해진 궤도대로 성실하게 움직이고 있다는 걸 환기시켰다. 절제도 남용도 모르는 자연의 시계는 비상시에도 정확하게 흐르고 있는 것이다. 이경은 큰길을 따라 계속 걷다가 노선을 모르는 버스를 두 번 갈아탔고 버스에서 내린 뒤엔 다시 쉬지 않고 걸었다. 목적지가 없는 일탈이라고 여겼는데 걷다 보니 가려는 곳이 점점 뚜렷해졌다.

현석이 살던 빌라 앞이었다.

현석과는 영화과 동기로 만났다. 대학에 다니면서, 그리고 대학을 졸업하고도 몇 년 동안 두 사람은 영화감독과 시나리오작가로 성장하여 함께 영화를 만드는 미래를 그리며 만나고 헤어졌다가 다시 만나길 반복했다. 먼저 녹다운이 된 쪽은 이경이었다. 마지막이라고 생각하고 영화제작사에 보낸, 적어도 100번은 정독해서 대사뿐 아니라 쉼표와 마침표의 위치까지 외우고 다녔던 시나리오마저 반려된 뒤였다. 이경이 노트북에서 시나리오 폴더를 삭제한 뒤 취업 준비를 하고 면접을 보고 입사를 하는 동안 현석은 군대에 다녀왔고 이경보다 3년 늦게 졸업했으며 여러 영화의 스태프로 일하는 틈틈이 감독 데뷔를 준비했다. 서른 살이 되던 해, 헤어지자는 말도 없이 두 사람은 헤어졌다. 그 뒤 이경의 삶은 출퇴근을 하고 전화를 받고 회의에 들어가고 주말에는 늦잠에서 깨어나 청소와 빨래를 하는 생활로 채워졌다. 윤수 씨와는 올해 초에 소개로 만났다. 이 시기가 지나면 평생 결혼과 무관하게 살게 되리란 걸 막연하게 예감하던 때였다. 서너 번 만났을 때부터 결혼 이야기가 자연스럽게 오가기 시작했는데, 두 사람 다 삼십대 후반인 데다 결혼이란 게 해도 후회고 안 해도 후회라면 하고 후회하는 쪽이 낫다고 생각하는 사람들이어서 그랬을 것이다.

휴대전화가 울렸다. 이경은 가방에서 휴대전화를 꺼내 가만히 액정을 내려다봤다. 결혼 날짜는 43일 후였다. 26에서 17을 더해야 가닿는 날짜, 이경에게는 그날이 죽음 너머의 세계처럼 현실감 없이 멀게만 느껴졌다. 윤수 씨는 그럴까, 그러니까……. 이경은 구두 앞코로 길바닥에 쌓인 낙엽을 솎으며 생각했다.

우리 삶의 마지막이 될지 모르는 26일을, 그는 진심으로 나와 보내고 싶은 걸까.

이경은 알 수 없었다. 알 수 없어서, 휴대전화 액정에서 '심윤수'가 사라질 때까지 잠자코 기다리기만 했다. 벨소리가 멈추자, 다시는 그를 만나지 못하리란 예감이 들면서 서운함과 미안함이 같은 무게로 밀려왔다. 괴롭긴 했지만, 미련이나 죄책감보다는 옅은 농도의 감정이었다. 윤수 씨는 다시 전화하지 않았다.

방금 불이 켜진 403호 거실 창을 물끄러미 올려다보다가 돌아서려는데 이경아, 부르던 목소리가 귓가에서 되살아났다. 그야 물론 현석의 목소리였다. 현석과 헤어진 이후로는 이경 씨, 전이경 님, 전 대리, 선배님으로만 불려왔다는 것이 껄끄럽게 상기됐고 그제야 이경은 자신이 이곳까지 온 이유를 알 것 같았다. 단지 옛 연인이 아니라 스스럼없이 서로의 이름을 부르며 꿈과 사랑, 신념을 키워갔던, 그러니까 생활 이상의 삶이 가능했던 시절을 찾아온 것임을⋯⋯. 이경은 이대로 아무런 시도 없이 돌아설까 봐 겁이 난다는 듯 한걸음에 계단을 올라 단박에 403호 초인종을 눌렀다.

놀랍게도, 문 저편에서 곧 귀에 익은 목소리가 들려왔다.

아버지 집에는 작년 겨울에 결혼한 남동생이 먼저 와 있었다.

아버지와 남동생은 침울한 얼굴로 이경을 반겼다. 이경이 곧 소파에 동석하자 아버지가 심하게 떨리는 손으로 이경에게 서류 한 장을 내밀었다. 언뜻 보니 남동생도 똑같은 서류를 손에 쥐고 있었다. 아버지의 집과 자동차, 예금과 적금과 주식에 대한 상속 서류였다.

아버지는 가능한 한 빨리 상속을 마치고 싶다는 듯 바로 말을 꺼냈다. 이경만 동의한다면 남동생에게 전 재산의 3분의 2를, 나머지 3분의 1은 이경에게 상속하고 싶다는 것이 아버지 말의 요지였다. 아이를 키우려면 얼마나 많은 돈이 필요한지 너도 모르지 않겠지, 아버지는 유산 비율을 설명하던 중에 이경을 보며 그렇게 물었다. 곁에서 남동생이 석 달 후가 출산 예정일인데 아내 컨디션이 좋지 않다고, 오늘 함께 오지 않은 것도 그 때문이라고, 이경의 눈치를 살피며 조심스럽게 말을 보탰다. 이경은 별다른 대꾸 없이 남동생의 한쪽 손을 잡아주었다. 이런 세상에 아내가 임신했다는 사실이 새삼 괴롭다는 듯 그의 얼굴에는 이내 시무룩한 표정이 번져갔고, 이경은 엄마의 빈소에서 너무 커 보이는 상복을 입은 채 훌쩍이던 일곱 살의 남동생을 어제 본 듯 생생하게 떠올릴 수 있었다.

"너희가 동의하면 나는 내일이라도 변호사에게 공증을 받으려고 한다. 이 자리에서 말해다오, 상속 비율에 동의하는지."

아버지의 말에 이경은 다시 서류를 들여다보긴 했지만 서류에 적힌 글자와 숫자들은 하나도 해독되지 않았다. 그러고 보니 출근을 중단하면서부터 인쇄된 글자를 찾아 읽은 기억이 없었다. 읽지 않고도 사는 것이 가능하다는 깨달음은 신선하긴 했지만 그뿐, 이경은 그 신선한 감각에도 금세 시들해졌다. X의 존재를 알게 된 뒤부터는 모든 감정이 그렇게 얕고 일시적이었다. 삶에 대한 의지랄지 죽음에의 공포로 가닿는 감정은 없었고, 먹고 쓰고 치우는 일에 맞춤하게 몸을 움직이는 것이 점점 어려워졌으며 가끔은 왜 우는지도 모른 채 흐느꼈다. 왜 나한테 왔어? 닷새 전, 무인우주선에서 보내온 X의 사진이 공개된 날, 일하는 도중에 귀가한 현석은 물었다. 이경은 현석에게서 그런 질문을 받고 싶지 않았다. 대답을 찾기 위해 고민하고 싶지 않았고 다투기도 싫었다. 그냥 같이 있어줘, 말하는 이경에게 현석은 전에 없이 격양된 목소리로 대꾸했다.

"너만 불안해? 너 혼자만 괴로운 줄 아는 거냐구우! 내가 네 감정의 하치장이야 뭐야, 어!"

순간, 현석의 얼굴은 무섭도록 창백해졌다. 그제야 이경은 자신이 현석에게 얼마나 이기적으로 굴었는지 느린 속도로, 너무도 느려서 그 과정이 세세하게 감지되는 고통을 느끼며 깨달아갔다. 돌이켜보니 7년 만에 그의 집을 무작정 찾아갔으면서도, 심지어 열흘 가까이 그의 집에서 그와 함께 지내는 동안에도, 이경은 자신의 선택을 충분히 설명하지 않았다. 그런 설명 없이도 현석은 모든 걸 이해할 거라고, 그도 자신을 필요로 할 거라고 지레 판단했던 것인데 그런 판단이라면 명백하게 오만하다고밖에 할 수 없는 것이다. 그날 저녁, 이경은 현석의 집에서 나왔다. 혼자 살던 빈집에는 들어가기 싫어서 아직 영업 중인 호텔과 찜질방을 전전했다. 네 번 중 세 번은 안전하다는 확률 게임을 믿는 사람들이 아무렇지도 않게 먹고 마시고

잠을 자는 곳, 그러다가 X와 관련된 소식이 타전되는 텔레비전 화면을 바라보며 아연한 표정을 짓던 곳, 마치 삶과 죽음 사이의 외줄 위에서 곤하게 잠들었다가 돌연 깨어난 것만 같은 무구한 얼굴들이 아주 흔했던 그곳…….

"상속 비율은 상관없어요. 대신 제 몫은 다른 분한테 기부하고 싶어요."

"누구한테 말이냐."

"그분 가족한테요, 3년 전 수술실에서 죽은……."

"누나!"

갑자기 남동생이 날카로운 목소리로 끼어들었다. 하긴, 지난 3년 동안 그 일은 가족 사이에서 금기어에 다름 아니었다. 그 일 이후 아버지가 더 이상 집도를 할 수 없을 만큼 수전증이 심해져 의사가 아니라 환자로 알코올의존증 치료센터를 드나들게 되었을 때도 그랬다. 헛된 수고였다고, 이제 이경은 그렇게 생각했다.

침묵이 흘렀다.

아버지가 무슨 말인가를 꺼내려 할 때 남동생의 휴대전화가 울렸다. 올케의 전화인 듯했다. 휴대전화를 귀에 댄 채 그래, 알았어, 말하며 서둘러 외투를 챙겨 입는 남동생에게 아버지가 다급한 목소리로 무슨 일이냐고 묻자 그제야 남동생은 아버지와 이경 쪽을 텅 빈 얼굴로 바라봤다.

"선아 상태가 지금 안 좋은가 봐요. 하혈까지 했대요. 아, 문을 연 산부인과가 있어야 할 텐데."

"그래, 어서 가라, 어서."

아버지는 남동생의 말에 안절부절못하며 현관까지 그를 배웅해주었다. 이경도 동생이 안심할 수 있도록 말 한마디를 얹고 싶었지만 안개가 깔린 평원처럼 뿌연 머릿속에선 적당한 문장이 만들어지지 않았다. 그저 궁금했다. 12일 후에 순식간에 지구가 잿더미가 된다면 더 불행한 쪽은 세포분열 중인 태아일까, 아니면 아이와의 만남을 간절히 기다리던 산모일까. 이경은 골똘히 그런 궁금증에 잠겨 있다가 이내 그 궁금증이 끔찍하도록 잔인하다는 것을 깨달았다. 갑자기 추워지면서 미친 듯이 현석이 보고 싶어졌다.

남동생이 떠나자 아버지는 더 이상 참을 수 없었는지 주방에서 양주병과 얼음, 잔 두 개를 가져왔다. 아버지는 곧 능숙하게 유리잔에 갈색 양주와 얼음을 섞었고 이경에게도 한 잔을 건넸다. 이경은 세상에서 가장 맑은 액체를 마주하듯 술잔을 내려다보다가 천천히 한 모금을 들이켰다.

"근데, 그 환자 말이다."

이경보다 두세 배 빨리 잔을 비워가던 아버지가 먼저 말을 꺼냈다.

"내가 잘못한 게 맞다. 출혈이 심각하다고 판단했을 때 수술을 멈췄어야 했어. 수도 없이 해본 수술이어서 내 선택을 과신했던 거야. 세상이 이 지경이 되니 궁금해지는구나."

"……"

"그 사람은 죽었고 나는 용서를 받을 기회도 없는데, 이제 나까지 죽으면 내 죄는 어떻게 되는 건지, 나는 그게 궁금해."

"……"

이경은 아버지가 해답이 없는 질문을 스스로에게 던지고 있다고 생각했다. 지금은 아무도 아버지를 위로해줄 수 없고 아버지 역시 완전한 위로를 받을 수 없다는 점에서 그가 가엾었지만, 그렇다고 남은 12일을 용서의 대리인 역할을 하며 소모하고 싶지는 않았다. 그러기엔 이경도 지쳐 있었다. 이경은 친구를 만나기로 했다고 가까스로 둘러대며 가방을 챙겼다.

"또 와주겠니, 이경아?"

현관 앞에서 아버지가 묽은 목소리로 물었다. 이경은 남동생의 얼굴이 겹쳐 보이는 아버지를 건너다보다가 헐겁게 그를 안았다. 이번 삶에서 지키지 못할 약속을 남겨두고 싶지 않았으나…….

"당연하죠, 아버지."

그렇게, 대답했다.

아버지 집에서 나와 목적지 없이 걷고 있는데 휴대전화가 울렸다. 호흡을 가다듬은 뒤 통화 버튼을 누르자 낮고 고독한 목소리가 들려왔다. 이경은 남동생이나 아버지처럼 울기 직전의 얼굴로 변한 현석을 눈으로 그릴 수 있었다. 조금만 기다려, 곧 갈게, 대답한 뒤 이경은 대로 쪽을 향해 뛰듯이 걸었다.

빈 택시는 좀처럼 눈에 들어오지 않았고 배차시간이 불분명해진 버스나 지하철을 기다리며 시간을 낭비하고 싶지는 않았다. 마침 누군가 버리고 간 자전거가 눈에 들어와 살피고 있는데 다시 휴대전화가 울렸다. 현석은 아니었다. 통화 버튼을 누르자 앳된 목소리의 남자가 대뜸 식사 코스를 정했느냐고 물었다. 이경은 전화를 잘못 건 것 같다고, 식사 예약 같은 건 한 적 없다고 대충 대답한 뒤 전화를 끊었다. 한 달 후에 예정된 결혼식이 떠오른 건 자전거에 몸을 싣고 페달을 밟을 때였다. 하객뿐 아니라 신랑과 신부도 참석하지 않을 결혼식이었다. 퇴근해요. 이제 거기서 그만 일하고, 식사 코스 따위 신경 끄고, 얼른 퇴근이나 하라고, 제발. 연이어 중얼거리는 자신의 목소리가 간절하게 변해 있는 걸 느끼며 이경은 페달에 얹은 발에 힘을 주었다.

D-1

곧 자정이었다. 지구에서의 마지막 자정일까, 아니면 오늘과 내일의 수많은 경계선 중에 하나일 뿐일까. 자정 이후 아홉 시간이 지나면 무슨 일이든 벌어질 것이고, 그때에야 오늘의 의미를 알게 될 터였다. 이경은 현석 옆에 누웠다. 일주일 전 2층 여자를 영안실로 옮긴 뒤 몸살이 난 현석은 벽을 향해 활처럼 몸을 말고는 잔기침을 했다. 밖에서는 어제처럼, 어제의 어제처럼 고함과 노랫소리, 폭주하는 자동차 소리, 유리나 플라스틱이 깨지는 소리가 섞여 들려왔다. 며칠 전부터 밤의 거리를 채우고 있는 소음이었다. 내내 평정심을 유지하던 세계가 갑자기 금 가고 깨지는 소리이기도 했다. 그 익숙한 소음 사이로 묵직한 굉음이 파고들었을 때, 이경과 현석은 동시에 서로를 끌어안았고 맞댄 몸에서 세차게 박동하는 자신의, 혹은 상대의 심장을 느꼈다.

아무 일도 일어나지 않았다.

한참 뒤에야 이경은 젖은 얼굴로 현석의 가슴에서 얼굴을 떼고는 자신처럼 울고 있는 현석을 가만히 마주 보았다. 불발된 폭죽이었나 봐. 누군가 일부러 타이어를 터뜨렸는지도 모르지. 이경과 현석은 번갈아 말했고 이내 이마를 맞댄 채 조용히 웃었다. 아직……. 잠시 뒤 이경이 시계를 보며 다시 입을 뗐다.

아직 8시간 25분이 남았다고, 그렇게 말했다.

X-현석

D-17

　현석은 냉동고에서 작업대로 옮긴 시신 앞에서 5초간 묵례했다. 82세, 남자, 심장마비. 언제나처럼 서류에 적힌 내용을 떠올리며 명복을 빌었고, 묵례 뒤엔 알코올이 섞인 물을 거즈에 적셔 위생 장갑을 낀 손으로 발부터 닦기 시작했다. 발에서 머리 순으로 닦고 나면 얼굴과 머리칼을 정돈할 것이고 어깨와 허리, 발목 등을 끈으로 묶어 고정한 뒤 한지를 덧대 수의를 입힐 것이다. 2인 1조로 일해온 석주 씨가 출근하지 않은 탓에 평소보다 한 시간 정도는 더 소요되겠지만 매뉴얼대로만 진행한다면 점심시간 전에 끝나긴 할 터였다. 영안실로 들어오기 전 여러 번 통화를 시도해봤으나 석주 씨는 끝내 현석의 전화를 받지 않았다.

묵묵히 염습을 진행하던 현석은 문득 멈춰 선 채, 연한 노란색과 갈색 사이의 빛깔로 침윤된 고인의 얼굴을 가만히 내려다봤다. 세상 사람들보다 17일 먼저 죽음을 맞은 것이 행운인지 불행인지 궁금해졌던 것이다. 하긴, 남들보다 17일을 덜 사는 건 아무 의미가 없었다. 죽음은 영원하고, 영원의 관점에서 17일이란 찰나조차 될 수 없으니까. 노인이 누린 행운이 있다면 고유한 죽음의 기회라고 현석은 생각했다. 17일 이후 X가 정말로 지구와 충돌한다면 짐작도 할 수 없는 규모의 사람들이 장례랄지 애도의 절차 없이 익명으로 죽음을 맞게 될 터였다.

예정대로 정오 무렵 염습은 끝났다. 유가족이 동석하는 입관 절차 전까지 두 시간 정도 여유가 있다는 걸 확인한 현석은 일단 안치실에서 나와 장례식장 건물 밖 흡연실로 들어갔다. 평소에는 흡연을 안 하지만 염습을 끝내면 담배가 간절해지곤 했다. 흡입한 담배의 성분이 자신의 몸 구석구석에서 무언가를 싣고 나와 연기로 내뿜어지는 것 같은 그 홀가분함이 좋았다.

고인의 냄새랄지 망막 뒤편 어딘가에 저장된 잔상 같은 것을, 때로는 두려움, 때로는 덧없음을…….

담배가 필터까지 타들어갈 때쯤 현석은 담배를 재떨이에 비벼 끈 뒤 지금쯤 잠에서 깼을 이경을 생각했다. 이경은 현석의 집에 머물고 있었는데, 그동안 출근한 적은 없었고 그저 걱정스러울 만큼 오래오래 잠을 잤다. 씻고 먹는 활동에 소홀했고 새벽이나 해 질 녘 때면 한 번씩 베개에 얼굴을 묻은 채 흐느끼곤 했다.

그러니까 이경, 그녀가 7년 만에 돌아왔다.

9일 전 초인종이 울렸을 때, 현석은 배달 기사인 줄 알고 놓고 가시면 돼요, 말했다가 나야, 라는 대답을 들었다. 처음엔 여동생을 떠올렸지만 부산에서 가정을 이룬 여동생이 디데이를 앞둔 시점에 연락도 없이 자신을 찾아올 리 없었다. 더욱이 여동생에게는 젖도 안 뗀 딸아이가 있었다. 조심스럽게 현관문을 열자 이경이 눈에 들어왔고 그 순간 심장이 속절없이 뛰기 시작했다. 망할 불수의근. 현석은 속으로 중얼거렸고, 이경은 이야기 좀 할 수 있느냐고 물었다. 7년 만에 나타난 옛 여자 친구가 현관문 앞에서 그렇게 묻는 맥락을 현석은 해석할 수 없었다. 바로 그때 D-26일이라는 그날의 의미와 네 시간여 후면 26은 25로 바뀐다는 사실이 현석의 감각 속으로 빠르게 스며들었다. 곧바로 수수께끼가 풀리는 기분이었다. 현석은 현관문을 한 뼘 더 바깥쪽으로 밀었고 이경은 곧 구두를 벗고 거실로 들어왔다.

그날, 우리가 무슨 대화를 나눴던가.

이경은 소파에, 현석은 바닥에 앉아 마치 오랜만에 만난 동창인 양 각자의 삶에서 일어난 변화에 대해 이야기를 나눴는데 걱정했던 것보다 편안한 분위기가 형성됐다. 냉장고에서 꺼내온 맥주 캔이 네 개가 넘어갈 무렵 저편이 조용해서 고개를 드니 잠든 이경이 보였다. 중국 음식이 배달 온 뒤에도 이경은 깨지 않았다. 현석이 방으로 들어가 급하게 저녁을 먹고 까치발로 다니며 씻고 침대에 누울 때까지도 그녀의 잠은 이어졌다.

현석이 잠든 뒤에 이경은 깨어났던 모양이다. 새벽에 익숙한 체취에 눈을 떴을 때, 침대 옆에 서 있는 이경이 꿈결처럼 희미하게 보였다. 우리 헤어지고 내가 얼마나 힘들었는지, 너는 짐작이나 하니? 네가 그 고통의 100분의 1이라도 안다면 너는, 너! 는! 그 시절의 고통이 기억난 현석은 침대를 박차고 일어나 격한 목소리로 따지고 싶었지만 그렇게 하지 않았다. 아니, 도저히 그럴 수 없었다. 이경의 불안이 이해됐고, 무엇보다 불안을 나누고 싶어 하는 이경의 연약한 마음은 자신의 것이기도 했으므로. 현석은 이경이 침대에 누울 수 있도록 벽 쪽으로 몸을 밀착하며, 이경을 집으로 들일 때부터 이런 순간을 기다려왔다는 것을 천천히 깨달았다.

일어났으면 점심 챙겨 먹어. 굶지 말고.

이경에게 그렇게 메시지를 보내고 돌아서는데, 휴대전화 액정에 알림 표시가 떴다. 알림 표시를 누르자, X와 지구가 25퍼센트의 확률로 충돌한다는 공식 발표는 사회 혼란을 최소화하기 위한 거짓이며 실제 시뮬레이션 결과는 훨씬 더 절망적이라는 소문을 적은 트윗이 눈에 들어왔다. 이미 퍼질 대로 퍼진 소문이어서 현석은 크게 놀라지 않았다.

X는 그동안 영화나 책에서 본 우주 지식과 우주기술이 허상

이었다는 것을 알게 해줬다. 지금까지 밝혀진 거라곤 X가 지름 5킬로미터의 크기―공룡을 모두 멸종에 이르게 한 소행성의 절반 크기이지만 이 크기로도 지구는 완전히 파괴될 수 있다고 했다―이며 초속 20킬로미터의 속도로 지구를 향해 돌진해 오고 있다는 것뿐이었다. 과학자들은 X가 어디에 있다가 갑자기 출현했는지 본궤도는 어떻게 되는지 제대로 설명하지 못했고, 무인우주선에 핵폭탄을 실어 X를 폭파시킨다는 프로젝트는 계획 단계에서 무산됐다. 빠르게 움직이는 X를 적중할 우주선 제작은 현재 인류의 기술로는 불가능하며 설혹 기술을 보유했다 해도 디데이까지는 설계도조차 완성할 수 없다고 했다. 인류는 아무것도 할 수 없었다. 할 수 있는 거라곤 확률을 맹신하며 낙천적으로 일상을 유지하거나 진료실 밖에서 의사의 선고를 기다리는 환자처럼 불안에 잠식되는 것, 혹은 신을 절망적으로 의심하면서도 다시 무릎을 꿇고 기도하는 것, 그게 다였다.

따지고 보면 우주란 것은 이미 허상이나 마찬가지였다. 대체 우주란 무엇이란 말인가. 대부분의 인간은 100년도 안 되는 수

명이 다하는 동안 우주는커녕 태어난 국가나 대륙을 떠나보지도 못하고, 간혹 비행기를 탄다 해도 기껏 닿을 수 있는 높이는 지상에서 10킬로미터 정도 떨어진 성층권 하단에 지나지 않는다. 우주는 여러 자료로 거기 있다는 것만 간접적으로 알 뿐, 지구 밖 우주로 나가본 사람은 극히 일부이며 그 일부를 만나본 사람조차 드문 것이다.

흡연실에서 나온 현석은 병원과 반대 방향으로 걷기 시작했다. 오랜만에 걷고 싶어서 시작한 산책이었는데, 무심한 마음으로 걷다 보니 이대로 끝나지 않을 산책을 해도 좋겠다는 생각이 들었다. 지하철역 근처 번화가를 지나갈 땐 X의 사진을 속보로 전하는 옥외 멀티비전이 눈에 들어왔다. 지구와 금성 사이를 운항 중이던 무인우주선이 보내온 것으로 현재까지는 가장 근접한 거리에서 X를 찍은 사진이라고 했다. 사진 속 X는 작은 호두처럼 보일 뿐, 별이라는 단어에서 연상되는 이미지와는 거리가 멀었다. 현석의 눈에는 X보다는 속보를 전하는 앵커와 기자의 얼굴이 부각되어 보였고, 화면 바깥에서 일하고 있을 카메라와 조명스태프들, 피디와 작가, 의상과 헤어와 메이크업 담당자, 방송 송출 기사들도 구체적으로 상상됐다. 세상이 아직은 정상으로 작동하고 있다는 안도감이 드는 동시에 그들, 만난 적 없지만 촘촘한 관계망 속에서 살아가고 있을 그들이 노동으로 남은 시간을 소모하고 있는 현실이 서글퍼졌다. 고작 이렇게 망할 세상이었다면 우리는 무엇 때문에 태어나 살아왔던가. 상처받고 상처 주며 일하고 사랑한 시간은 다 뭐란 말인가. 이 상황을 납득시켜준다면 어느 비열한 인간이라도 맹신하며 기꺼이 그의 추종자가 될 수 있을 것 같았다.

이경 때문인지도 몰랐다.

허무하고 슬픈 이 감정이, 죽음이 억울하고 두려워진 것도, 모두 이경이 오면서 시작되었으니까. 이경과 지내면서 외로움이 희석된 것은 맞지만, 이경이 나타나기 전까지만 해도 현석에게 X가 환기하는 두려움은 평균보다 훨씬 밑돌았던 것도 분명한 사실이었다. 날마다 마주 봐야 했던 시신의 형태와 냄새는 현식이 감지하지 못할 만큼 자연스럽게 죽음과 친숙해지도록 이끌었다. 숨이 돌지 않는 인간은 더 이상 인간이 아니었지만 그렇다고 단순한 물질도 아니었다. 죽음을 가시화하는 실체였고, 현석에게 그 죽음은 대개 자신의 먼 미래로 환원됐다. 때로는 그의 손길을 마지막 체온으로 몸 안에 저장할 시신에 엄중한 애정을 느꼈는데, 그럴 때면 뜻밖에 사명감이 차오르기도 했다. 현석은 X가 발견되었다는 소식이 전해진 날에도 전날과 똑같은 일상을 살았다. X가 네 번에 한 번 지구와 충돌한다는 디데이엔 수면제를 먹고 평소보다 이른 시간에 잠들 생각이었다. 불길에 휩싸여 순식간에 재가 되어버리는 순간이라면 잠을 자는 동안에 지나가길 바랐으니까. 그런 현석에게 이경은 X와 함께 온 손님이자 익숙하면서도 새로운 죽음의 동반자인 셈이었다.

마침 휴대전화가 울려 재킷 주머니에서 꺼내니 이경의 이름이 보였다. 이경은 지금 속보로 전해지는 X의 사진에 대해 말하고 싶은 게 많을 터였다. 현석은 전화를 받지 않았다. 대신 벨소리가 끊길 즈음 신호등이 푸른색으로 바뀌는 걸 무심히 건너다봤다. 횡단보도가 다시 붉은색으로 바뀌었다가 푸른색으로 돌아왔을 때, 누군가 우두커니 서 있는 현석의 어깨를 치고 지나갔다. 그 순간 현석은 배터리를 넣은 병정 인형처럼 무작정 뛰기 시작했다. 병원과는 반대 방향이었다.

D-8

이경이 하루에 몇 번씩 환기를 해도 그 냄새는 가시지 않았다. 현석은 그 냄새를 잘 알았다. 5년 동안 거의 매일 맡아온 냄새를 모를 수는 없는 것이다.

"대체 이 냄새 뭐야, 너무 괴로워……."

이경이 현관문을 다시 열며 중얼거렸다.

소파에 누워 천장만 올려다보던 현석은 천천히 몸을 일으켰다. 이경은 저녁 식사를 준비하려는지 냉동실과 찬장을 번갈아 열며 라면과 햇반, 스팸, 즉석 만두 중에서 메뉴를 고르고 있었다. 크게 다툰 후 잠시 떠난 이경이 사흘 전에 다시 이 빌라로 돌아오면서부터 그녀와 자신의 모습이 처음과는 완전히 뒤바뀌게 되었다는 것을 현석은 새삼 실감했다. 이제 최소한의 생존이 가능하도록 밖에 나가 생필품과 식료품을 사온다든지 간

단하게라도 요리를 하는 사람은 이경이었다. 이경은 나날이 바빠졌다. 하루에 한 번씩 자전거를 타고 동네를 돌며 길고양이들의 사료를 챙겨주기 시작했고 어느 날은 아버지를 만나고 오기도 했다. 현석은 이경이 이 집에 와서 한동안 그랬듯 집 밖으로 거의 한 발자국도 내딛지 않은 채 소파나 침대에서 내리 잠만 잤고 누군가를 따로 만나려 하지도 않았다. 당연히 출근하지 않았고 병원에서 걸려오는 전화는 받지 않았다. 최근 며칠 동안 보살핌을 받은 사람은 명백하게 현석이었던 것이다.

현석은 욕실로 들어가 오랜만에 긴 샤워를 했다. 샤워를 마친 뒤엔 쇼핑백 하나를 꺼내 와 집에 있는 거즈와 알코올, 위생장갑과 한지, 향과 라이터를 차곡차곡 넣었다. 어느새 다가온 이경이 그런 현석을 가만히 지켜보고 있었다.

"이 빌라에서 누군가 죽었어. 사나흘쯤 된 것 같아."

현석의 말에 이경은 몹시 놀란 듯 그대로 주저앉았지만, 현석이 고인을 찾아 염습을 해주겠다고 밝혔을 땐 주저 없이 외투를 챙겨 입고는 동행을 자처했다.

냄새는 2층에서 심해졌다. 한 층에는 다섯 가구가 있었는데,

초인종을 눌렀을 때 반응이 없는 호수는 205호였다. 현석과 이경은 205호 도어록의 비밀번호를 당연히 몰랐고 알아낼 방도도 없었다. 현석은 이경에게 가방을 맡겨놓은 채 빌라 밖으로 나가 재활용 쓰레기를 모아놓은 곳을 돌며 버려진 의자들을 수거했다.

다시 빌라로 돌아온 뒤엔 의자 세 개를 어슷하게 쌓아 조심스럽게 올라갔고 주워온 돌로 205호 창문을 깼다. 창문의 깨진 틈으로 손을 넣어 잠금장치를 풀 때는 손등이 유리에 긁혀 피가 나기도 했지만, 다행히 깊은 상처는 아니었다.

가까스로 거실 안으로 들어온 현석은 일단 집 안의 모든 창문과 현관문을 열었다. 현관문 밖에는 이경이 추워 보이는 얼굴로 얼어붙은 듯 서 있었다. 안방 문을 열 차례였는데, 안에서 테이프로 틈을 메웠는지 밖에서는 잘 밀리지 않았다. 현석과 이경은 하나, 둘, 셋, 함께 숫자를 센 뒤 동시에 등으로 문을 밀었다. 문에는 영화 포스터가 붙어 있었다. 해변에 놓인 침대 위에 막 잠에서 깬 여자와 아직 곤하게 잠든 남자가 나란히 누워 있는 포스터였다. 현석은 포스터 속 장면이 낯익었지만 영화

제목은 기억나지 않았다.

젊다.

몇 번의 시도 끝에 안방 문을 열고 침대로 다가간 현석은 가장 먼저 그렇게 생각했다. 젊어, 너무. 곁에서 이경이 마치 현석의 대변인인 양 낮게 속삭였다. 현석은 일단 여자를 향해 묵례부터 했고, 이경이 그 의미를 알겠다는 듯 이내 함께 고개를 숙였다. 5초, 아니 그 이상의 시간이 흐를 때까지 두 사람은 오래오래 고개를 들지 않았다.

장례지도사라는 이름의 직업은 영화판을 떠나 인력개발센터를 드나들 때 처음 알게 됐다. 조감독으로 참여한 두 편의 영화에서는 임금이 떼이고 감독으로 계약을 앞둔 영화제작사는 돌연 파산을 선언한 뒤였다. 세상 어딘가에 시신을 씻긴 뒤 수의를 입히고 관에 모시는 사람들이 있으리란 걸 알고는 있었지만 현석은 살아오면서 단 한 번도 그 일에 대해 구체적으로 생각해본 적이 없었다. 아무런 호감이나 지식이 없었는데도 센터 직원의 말만 듣고 장례지도사 교육을 받게 된 건 상대적으로 낮은 경쟁률과 정기적인 임금이 뗄 수 없는 매력으로 다가와서였다. 당시 현석에게는 자신의 입 하나 책임지는 것이 가장 큰 숙제였다. 교육이 끝나고 몇 번의 면접 끝에 병원에 고용되었다는 소식을 들은 날, 현석은 자신의 삶에도 아직 행운이 남아 있다는 것을 신기해했고 그 밤 집에서 혼자 축하주를 마시다 말고 눈물을 쏟기도 했다.

"처음엔 누구나 그래. 나가 있어도 돼."

돌연 허리를 접어 헛구역질을 하는 이경에게 현석은 최대한 부드러운 목소리로 말했다.

"아니."

이경이 고개를 저으며 대답했다.

"나도 도울래. 이분, 같이 보내드리고 싶어. 게다가 여자분이잖아. 나라면 시체가 된 뒤라도 모르는 남자한테 나체를 막 보여주긴 싫을 것 같아."

덧붙인 뒤, 욕실에서 타월 한 장을 가져온 이경은 시신의 일부를 가리면서 옷 벗기는 일을 도맡아했다. 그동안 현석은 가방에서 챙겨온 물품을 꺼내 염습 준비를 했고 방 안의 시취를 흡수할 수 있는 향을 피웠다.

그 어느 때보다 고요하게 염습을 진행했다.

염습이 끝난 뒤엔 한지로 시신의 몸을 감싸고는 이경이 옷장에서 찾은 품이 낙낙하면서도 깨끗해 보이는 겨울용 원피스를 입혀주었다. 입관까지 마무리하면 좋겠지만, 관을 주문한다 해도 지금 당장 배달해줄 사람이 있을 것 같지는 않았다. 가족이나 친구의 배웅도 없이 입관 절차를 밟는 건 또 무슨 의미인가. 현석은 마음이 복잡해졌다.

"시신은 일단 병원 영안실로 모시는 게 좋겠어. 지금 그곳은 관리하는 사람도 없을 테니 영안실 쓰는 거야 괜찮을 거야. 8일 후에……."

"……."

"그때도 아무 일 없으면 가족을 찾아주자."

"그래, 꼭……."

시신, 아니 여자의 발에 새 양말을 신겨주다 말고 그 두 발을 손으로 보듬고 있던 이경이 현석에게 고개를 끄덕여 보였다.

괜한 오해를 피하기 위해 여자는 어두워진 뒤에 옮기기로 했다. 남은 시간 동안 두 사람은 여자의 집을 구석구석 살피며 빈 상자에 유품을 모았다. 휴대전화와 노트북, 다이어리, 유서로 짐작되어 감히 내용물을 꺼내볼 수 없는 편지 봉투, 반지와 귀걸이 몇 개, 사진이 들어 있는 액자…… 유품을 모으면서 여자의 이름이 서윤희이고 나이는 스물아홉 살이며, 김포공항의 환전소에서 일해왔다는 것을 자연스럽게 알게 됐다.

밤 10시 무렵, 현석과 이경은 여자를 이불로 꽁꽁 싸맨 뒤 주차장으로 옮겼다. 여자를 뒷자리에 끈으로 고정한 채 싣고 가는 동안, 이경은 조수석 차창에 머리를 기댄 자세로 잠이 들었다. 간혹 엄청난 속도로 자동차가 획획 지나가긴 했지만 도로는 전반적으로 한산했다. 사람들은 지금 뭘 하고 있을까. 평소대로 사는 사람도 있을 것이고 즐거운 일을 하나라도 더 해보려고 애쓰는 사람도 있을 것이며, 여자처럼 운명의 카드를 열어보기도 전에 항복해버린, 혹은 그런 준비를 하는 사람도 있을 것이다. 지지 않겠다는 분노 때문인지도 모르겠다고, 현석은 잠시 생각했다. 여자가 죽음을 선택한 이유에는 우리를 한날한시에 죽게 할 수 있는 우주적 확률 게임에 질 수 없다는 마음이 포함됐을지 모른다고…… 현석도 그랬으니까. 실체도 없

으면서 초월적인 힘을 발휘하는 무언가에 미치도록, 온몸이 부서질 것 같은 분노가 치밀곤 했으니까, 지난 며칠 동안 내내.

병원에 도착할 무렵, 현석은 여자의 방문에 걸려 있던 포스터가 어떤 영화의 한 장면인지 기억해냈다. 길을 건너는 사람 한 명 없는 밤의 횡단보도 앞 대기선에 차를 세운 채 신호가 바뀌기를 기다리며 이터널 선샤인, 영원한 햇빛, 현석은 낮은 목소리로 속삭였다.

1hour before

이경과 꼭 안은 채 잠들었다가 먼저 눈을 뜬 현석은 일단 시간부터 확인했다. 석 달 전부터 숫자를 차감해온 그날이 맞았다. 창밖으로 보이는 거리에선 몇몇 사람들이 망원경으로, 혹은 최대한 줌인한 휴대전화 카메라로 하늘을 올려다보고 있었다.

X가 보이는 모양이었다.

화면 속에선 손톱보다 작고 쉽게 부서질 것처럼 약해 보일 게 분명한 우리 모두의 호두가…….

"7만 킬로미터 정도 가까이 왔대."

어느새 깬 이경이 노트북으로 기사를 훑어보며 알려주었다.

"한 시간 후면 지구를 스쳐가거나 지구와……."

"그래, 알아."

"……."

"이경아, 우리 아침 먹을까?"

"……아침?"

"오랜만에 내가 준비할게. 몸살도 좀 나은 것 같으니."

말한 뒤, 현석은 침대에서 일어나 대충 옷을 껴입었다.

현석이 냉장고를 열어 식재료를 살피는 동안 이경은 욕실로 들어가 이를 닦으며 엉터리 리듬으로 허밍을 했다. 지독한 음치네, 중얼거리며 연하게 웃던 현석은 최근의 그 어느 날보다 기분 좋은 아침을 맞고 있다는 걸 깨달았다.

아침을 먹고 무엇을 할지는 아직 아무것도 결정하지 않았다.

상자

하늘에서 새들이 떨어지기 시작했다.

떨어진 새들은 연약하게 몸을 떨다가 마치 세상에 마지막 작별 인사를 전하듯 한순간 목을 꺾은 채 죽었다. 하루에도 몇 번씩 목격하게 되는 그 현상에 사람들은 두 번 충격을 받았다. 투신에 가까워 보이는 그 죽음의 방식에 한 번, 그리고 죽어가는 새들의 모습에 또 한 번. 새들이 보도블록에, 차의 보닛과 건물의 차양 위에, 혹은 자신의 구두코 앞에 툭 떨어져 죽는다는 건 상식―새들은 하늘을 나는 생명체이고 야생동물은 대개 인간의 시선이 닿지 않는 곳에서 죽는다는 자연의 상식을 배반하는 일이었다. 그 기이한 현상은 자연스럽게 신종 바이러스에 대한 우려와 공포로 이어졌다.

지난 2020년대는 그야말로 바이러스와의 전쟁, 그 자체였다. 감염자가 나왔다는 속보와 그 증상을 둘러싼 암울한 소문들, 역학조사와 이동 제한, 잊을 만하면 나타나곤 했던 슈퍼전파자, 병원마다 들어차던 감염자들과 텅 비어가던 거리들, 파산과 매각과 실업의 롤러코스터, 그런 와중에 잔존하여 끊임없이 변이를 일으키거나 새로운 형태로 출현하곤 했던 바이러스……. 집단면역 소식은 지난 10년의 사투 끝에서 전해졌다. 역대 가장 위협적으로 변이되었던 바이러스가 가까스로 진압되어가던 그때, 그 어떤 백신보다 효과적이고 지속적인 슈퍼 항체가 인간의 몸 안에서 만들어졌거나 만들어지고 있다는 뉴스가 세상의 모든 미디어를 통해 보도되었던 것이다. 특히 새롭게 태어나는 아이들의 경우 90퍼센트 이상이 슈퍼 항체를 갖고 있다는 소식에 사람들은 환호했다. 비록 상흔은 컸지만 바이러스와의 전쟁에서 마침내 인간이 승리했다는 말들이 오갔다. 기다렸다는 듯 경제지표는 모두 호전됐고 사람들은 다시 직장으로 출근하기 시작했으며 잃어버린 10년을 되찾자는 유의 홍보 문구가 여기저기 나붙었다. 바로 그런 시기에, 그러니까 조금은 일찍 터진 축포에 다들 도취되어 있던 그때 새들이 이상행동을 보이기 시작한 것이다. 새의 죽음과 바이러스는 무관하다는 연구 결과가 속속 발표되었지만 사람들의 불안이 일시에 소거되는 건 아니었다. 기후변화로 인한 대기질의 변화와 전자파의 유해함이 새들의 뇌에 문제를 일으켰고 그 문제가 몇 세대에 걸쳐 유전되면서 강화됐다는, 그러니까 어느 것 하나 명확하지 않은 연구 발표는 미심쩍기만 했다. 중요한 건 이것이었다, 새에게서 발현되는 그 이상한 병이 언젠가는 사람들에게 전염될 수도 있다는 가능성……. 새의 개체가 계속 준다면 생태계의 고리 하나가 끊어지면서 엄청난 재앙이 휘몰아칠 테고 그것은 어쩌면 인류의 절멸이라는 종착역으로 직행하는 특급열차가 될 수 있는데도, 사람들은 새가 죽어가는 상황보다 죽은 새가 품고 있을 미지의 발병 요인에 더 촉각을 곤두세웠던 셈이다. 아무려나 불안하고 수상한 나날이었다.

　내가 상자 하나를 받은 건 그런 날들 중 하루였다.

*

장 변호사였다.

월요일, 평소보다 한 시간이나 일찍 사무실에 도착하여 탕비실에서 커피를 내리고 있는데 장이 노크도 없이 들어와 무턱대고 상자를 들이민 것이다. 전날인 일요일에도 출근하여 야근까지 했는지 장의 와이셔츠는 구겨져 있었고 두 눈은 충혈되어 있었으며 흰 마스크에는 발자국이 찍혀 있었다.

"민영 씨, 오늘 부산 좀 다녀와야겠어요."

탕비실엔 우리 둘뿐인데도 장이 주위를 두리번거리며 낮은 목소리로 말했다.

"부산요? 부산은 왜……."

"아, 유스케 씨라고 재일 교포 고객이 있거든요. 지금 부산에 있는데 3시까지는, 그러니까 그 뭐냐, 그래요, 유스케 씨가 비행기를 타러 공항에 가기 전까지는 이 서류를 전달해줘야 해서요. 다음 재판에 중요한 자료인 데다 시간이 하도 촉박해서 인편으로 보내기로 방금 결정했는데, 아, 물론 제가 아니라 대표님이요, 민영 씨가 가주면 될 것 같아요. 누군가 한시라도 빨리 출발해야 하는 상황인데, 지금 출근한 사람은 민영 씨밖에 없으니까요."

　장은 변호사답지 않게 두서없이 말했고 나는 얼결에 상자를 떠안게 됐다. 우체국에서 판매하는 3호짜리 소포 상자였다. 상자는 그 크기에 비해 터무니없이 가벼웠고 위아래 입구뿐 아니라 네 모서리까지 테이프로 꼼꼼하게 밀봉되어 있었다. 나는 그 무게를 가늠했을 때 소량임이 분명한 몇 장의 서류를 어째서 봉투가 아닌 상자에 담아 밀봉했는지에 대해 잠시 생각했다. 장이 와이셔츠 주머니에서 연노란색 사무용 포스트잇을 꺼내더니 무언가를 휘갈기듯 적기 시작했다. 적으면서, 자료 전달이 완료되면 자신에게 바로 전화해줄 것을 당부했다. 포스트잇은 곧 상자 윗면에 허술하게 붙여졌다. 포스트잇엔 호텔 이름과 고객의 휴대전화 번호가 적혀 있었는데 단박에 판독되지 않는 그 악필의 내용을 나는 굳이 확인하지 않았다. 일종의 오기였을까.

　"지금 바로 출발하면 좋겠는데……."

　말한 뒤, 장은 지갑에서 지폐를 몽땅 꺼냈다. 나는 바로 돈을 받지 못한 채 주춤했다. 출장 경비를 사비로, 그것도 현금으로 받는 게 꺼림칙했던 것이다.

"급하게 결정된 거라서요. 경비는 일단 이걸로 쓰고, 민영 씨는 영수증만 잘 챙기면 돼요."

"아……."

아, 하고 벌어진 입이 좀처럼 다물어지지 않았다. 물론 마스크 안에서였지만 말이다. 민영 씨, 그럼 부탁합니다, 라고 말하며 장은 전에 없이 고개를 숙이는 인사까지 했고 결국 나는 그가 내민 돈을 받은 뒤 상자를 품에 안은 채 탕비실을 나서야 했다. 몇 걸음 걷다가 슬쩍 뒤를 돌아보자 장은 무언가를 골똘하게 생각하는지 그 자리에 그대로 서 있었다. 그가 무슨 생각을 하는지는 알 수 없었지만 적어도 나에 대한 미안함이나 걱정은 아니란 건 분명해 보였다. 장은 내 담당 변호사가 아니었고 나와 개인적인 친분도 없었다. 물론 세 명의 비서들이 열두 명의 변호사들을 보좌하다 보면 일이 겹치거나 교차할 때도 있었지만 그런 경우엔 대체로 양해의 절차가 있었다. 장은 방금 그 절차를 무시하고, 단지 지금 사무실에 있는 사람이 나뿐이라는 이유로 전문적인 지식이나 기술이 전혀 필요 없는 심부름에 지나지 않은 일을 시킨 것이다. 아주 잠시 모멸감 비슷한 쓰라린 감정이 가슴속에 머문 것도 같았다. 누군가의 말 한마디에 출근하자마자 그 먼 도시까지 가야 하다니, 이토록 가벼운 상자를 위해, 그러나…….

그러나, 대표가 결정한 일이다.

엘리베이터 안에서 휴대전화 앱으로 택시를 불러놓은 뒤 회사 건물을 빠져나오는데 얼핏 갈색 깃털 뭉치로 보였던 무언가가 눈앞으로 휙 떨어졌다. 죽은, 혹은 죽어가는 새라는 걸 이미 알고 있으면서도 나는 깜짝 놀랐고 몸을 움츠렸다. 참새였다. 올해 초부터 자주 봐왔던 광경인데도 내 눈 아래서 몸을 떨며 죽어가는 작고 연약한 참새는 나로서는 도무지 해석할 수 없는, 세계의 뒤편으로 이어지는 암호 같기만 했다.

*

택시는 생각보다 일찍 서울역에 도착했다. 탑승 시간까지 여유가 생긴 덕에 커피를 사 와 대합실 의자에 앉자 역내 대형 텔레비전으로 태풍의 북상을 알리는 뉴스 자막이 보였다. 일기예보대로라면 내가 부산으로 내려가는 동안 태풍은 서울로 올라올 것이다. 그건, 내가 한 번은 태풍의 한가운데를 지나간다는 의미였다. 나는 뜨거운 커피를 한 모금씩 마시며 텔레비전과 부산까지 나와 동행하게 될 상자를 번갈아 바라봤다. 태풍을 뚫고 상자를 포스트잇이 지시하는 곳으로 무사히 가져갈 수 있을까, 생각한 순간 갑자기 뒤통수를 세게 한 대 얻어맞은 듯 정신이 번쩍 들었다. 상자 주변과 가방 안, 바닥까지 샅샅이 살펴봤지만 포스트잇은 보이지 않았다. 아마도 포스트잇은 이동하는 중에 떨어져버렸을 것이다. 처음부터 그것은 허술하게 부착되어 있지 않았던가. 가방에서 휴대전화를 꺼내 장의 번호를 찾다가 이내 그만두었다. 또다시 오기가 발동하고 있었다. 그와 통화하면서 새롭게 환기될 우리의 위계를 되새기고 싶지는 않았다. 호텔 이름이나 고객의 전화번호야 부산에 도착해서 확인해도 늦지 않을 터였다.

짐짓 느긋하게 커피를 마저 마신 뒤 벤치에서 일어서는데, 도무지 그 성분이 짐작되지 않는 악취가 코끝을 자극했다. 악취의 진원지는 먼 곳에 있지 않았다. 3시 방향 의자에 깊숙이 몸을 파묻은 채 꾸벅꾸벅 졸고 있는 여자를 나는 물끄러미 건너다봤다. 전체적으로 작고 깡마른 여자였는데, 대충 묶은 반백의 머리칼과 주워 입은 것이 분명한 잿빛의 남성용 외투는 한 번 툭 치면 먼지가 풀풀 날릴 것만 같았다. 여자는 마스크도 하지 않았다. 사람들은 여자 주변에 가지 않았고 그 앞을 지나가야 할 때면 걸음을 빨리했다. 모두들 하나같이 시선이 날카로웠고 온몸으로 혐오를 표현했다. 그새 누군가 신고를 했는지 곧 방호복을 입은 사람들이 달려오더니 여자를 양쪽에서 잡아 일으켰다. 여자는 끌려가지 않겠다는 듯 강하게 저항했고 역안은 금세 소란해졌다. 무심결에 나는 내 손과 머리칼에 코를 갖다 댔다. 무슨 냄새가 나는 것도 같아 트렌치코트 안쪽까지 집요하게 냄새를 맡고 있는데 여자가 갑자기 입을 크게 벌린 채로 웃기 시작했다. 웃음소리는 너무도 명료한데 여자의 표정은 좋은 건지 화를 내는 건지 판별할 수 없었다. 여자의 입안은 까맸다. 그 까만 입안에도 장기와 피와 뼈가 유기적으로 연결되어 있을 거란 사실이 비참한 농담 같기만 했다. 나는 가방과 상자를 챙겨 승강장 쪽으로 뛰듯이 걸어갔다. 여자가 시야에 들어오지 않는 구역으로 가야 한다는 생각뿐이었다.

기차는 대기 중이었다.

내 자리는 복도 쪽이었다. 나는 코트를 벗어 돌돌 만 다음 가방과 함께 선반 위에 올렸고 상자는 언제라도 확인할 수 있도록 의자 밑 발치에 두었다. 내 옆자리엔 기차가 출발하기 직전에야 중년 남자가 와서 앉았다. 기차가 움직이기 시작하자 기차의 규칙적인 리듬과 내 호흡이 포개지는 것 같은 나른함이 밀려왔다. 머릿속에서 어떤 풍경 하나가 점멸했다. 잠의 입구엔 늘 그랬듯 수명이 거의 다 된 전구 하나가 달려 있었고, 환해지면 보이고 어두워지면 사라지는 그곳으로 나는 서서히 스며들어갔다. 그곳은 한 번도 가본 적 없는 이국적인 도시였는데, 고딕양식의 건물 사이로 사람 한 명이 겨우 지나다닐 수 있는 좁은 골목이 거미줄처럼 이어져 있었다. 나는 오직 한 사람을 만나기 위해 하염없이 그 골목을 걸었다. 공간은 바뀌어도 내가 찾는 사람은 늘 같았다. 그러나 꿈속에서라도 엄마를 만난 적은 한 번도 없었고, 그건 이번에도 마찬가지였다.

*

요의 때문에 눈이 떠졌다.

마침 기차가 곧 대전역에 정차한다는 안내 방송이 또렷하게 들려왔다. 창밖으로 시선을 돌리자 마치 다른 중력의 영향을 받고 있는 듯 사선으로 기울어져 있는 세계가 보였다. 나뭇잎, 풀과 작물, 사람들의 옷자락과 우산, 흔들릴 수 있는 모든 물질이 바람의 방향대로 쏠리고 있었다.

자리에서 일어나 연결 통로 쪽에 있는 화장실을 찾아갔다. 오줌을 누는 동안 엉덩이가 불쾌하게 축축해졌지만 휴지걸이는 비어 있었다. 대충 옷을 추스르고 화장실에서 나오자 기차가 서서히 멈추면서 출입문이 열렸다. 쉬익, 소리와 함께 비대한 바람의 일부가 문 안쪽으로 밀려들어왔다. 조심스럽게 하차하는 사람들과 한 줄로 서서 탑승을 준비하는 사람들을 지켜보다가 내 자리로 다가간 순간, 돌연 불안감이 엄습했다. 상자, 그래 내겐 상자가 있었지, 우체국 소포 상자, 중얼거리며 등허리를 숙여 정신없이 의자 밑을 살피다가 무심코 고개를 들었을 때 상자가 보였다. 상자가 왜 저기 있지. 머릿속에 돌멩이처럼 던져진 의문은 동심원 모양의 물결로 점점 크게 번져갔지만, 상자가 대전역 승강장 벤치에 놓여 있는 건 분명한 사실이었다. 나는 정신없이 왔던 길을 되돌아가 막 닫히려는 기차 문 사이로 몸을 던졌고 동시에 바닥으로 넘어졌다. 아픔을 느낄 겨를도 없었다. 넘어지자마자 바닥에서 벌떡 일어나 벤치에 놓인 상자를 꼭 끌어안았다. 그사이 기차는 출발했다. 달려가는 기차 안에 내 가방과 외투가 남아 있다는 걸 깨달은 건 기차가 시야에서 사라진 뒤였다. 바람에 나부끼는 머리칼과 빗줄기의 차가움도 그제야 감각할 수 있었다. 검은색 스커트와 하늘색 블라우스는 금세 젖어버렸다. 나는 태풍의 한가운데를 지나가지 않고 그곳에 버려진 것이다.

"이봐요, 이봐요! 내 말 안 들려요?"

다급하게 들려오는 그 목소리에 고개를 들자 중년 남자가 펄럭이는 우산을 두 손으로 꼭 부여잡은 채 내 앞에 서 있는 게 보였다. 옆자리에 앉았던 남자라는 걸 바로 알아볼 수 있었다. 대전역에서 내린 그는 기차에서 몸을 던진 나를 보고는 의아

한 생각이 들어 잠시 걸음을 멈췄던 모양이다.

"대체 무슨 일이죠?"

그가 다시 물었다.

"상자 때문에요."

"상자요?"

"그러니까 이 상자를 부산에 있는 고객한테 전해줘야 하는데, 유스켄지 고스켄지, 내 고객은 아니고 상사의 고객이요, 아니, 상사도 아니지, 맞아, 상사가 아니야. 근데 대표가 시켰으니까, 시켰다고 하니까, 고객한테 이 상자를 전해주려고 기차를 탔다가 다 두고 내린 거예요. 가방이랑 코트, 휴대전화도요."

나도 내가 엉뚱한 사람에게 횡설수설하고 있다는 걸 잘 알고 있었다. 알면서도, 제멋대로 튀어나오는 말을 도저히 제어할 수 없었다.

일단, 말한 뒤 남자는 주머니에서 휴대전화를 꺼내 내게 내밀었고 우산을 내 쪽으로 기울여주기도 했다.

"일단 회사에 전화해보시겠어요?"

남자가 내미는 휴대전화 화면엔 키패드가 떠 있었다. 나는 상자를 옆구리에 끼우고는 두 손으로 휴대전화를 받았다. 02와 3441까지만 눌렀을 뿐인데 내 오른손 검지는 키패드 위에서 헛되이 빙빙 돌기만 했다. 믿기지 않게도 3년 가까이 사용해온 번호가, 그 여덟 자리 숫자의 일부가 기억나지 않았다.

"번호가…… 회사 번호가 기억나지 않아요."

"그럼 가족은요? 남편이나 부모님, 형제 말이에요."

남자의 말은 내게 가족이 없다는 걸 새삼스레 상기시켰고, 그 순간 내 안에서는 거대한 불안이 소용돌이치기 시작했다.

"아주 방법이 없진 않아요."

남자가 다시 말했고, 나는 남자의 호의가 없다면 당장 익사할 처지의 조난자라도 된 양 부산으로 갈 수 있는 더 이상의 방법을 고민하지 않은 채 열심히, 맹목적으로 열심히 고개를 끄덕여 보였다.

"여기 대전역 후문 쪽 쇼핑몰 앞에서 11시에 출발하는 관광버스가 있는데, 부산에 있는 공단까지 가죠. 휴가를 마친 외국인노동자들이 공단으로 돌아갈 때 이용합니다. 실은 제가 그 공단을 관리하는 회사에서 일하거든요. 사정이 여의치 않다면 그 버스를 타고 공단까지 간 뒤에 거기서 일하는 사람한테 부산역까지 데려다달라고 도움을 요청하세요. 부산역에는 제가 전화를 걸어 우리 좌석에서 발견된 가방과 코트를 맡아달라고 하겠습니다."

남자는 곧 내게 명함 하나를 건넸다. 쇼핑몰 앞에서 출발하는 부산행 버스를 탈 때 기사에게 신분증이나 사원증 대신 이 명함을 보여주라고, 자신이 버스회사와 기사에게 내 사정을 이야기해놓겠다고 이어 말하기도 했다. 얼결에 명함을 받은 나는 고맙다는 인사를 했고, 남자는 행운을 빈다는 말을 남긴 뒤 계단 쪽으로 걸어갔다.

남자가 사라지자 나는 다시 혼자가 되었다.

명함과 상자, 이제 내가 가진 건 그뿐이었다.

*

엄마는 류마티즘으로 요양소에 머무는 동안 바이러스에 감염됐다. 2년 전이었다. 그 무렵 유행했던 바이러스는 고열과 뇌

염이 주요 증상이었는데 잠복 기간이 열흘도 되지 않은 데다 치사율도 20퍼센트에 육박해서 그 어느 때보다 극도의 위기감을 불러왔다. 결과적으로 그 바이러스는 인류의 집단면역이라는 뜻밖의 선물을 가져오긴 했지만, 많은 사람들이 가족이나 연인, 친구를 잃었고 나도 그중 한 명이 되었다. 더욱이 엄마는 나의 유일한 가족이었다.

엄마의 삼일장을 치른 뒤 나흘 동안 내리 잠만 잤다. 어제와 오늘이, 아침과 저녁과 밤이 구분되지 않았다. 시간은 그저 하나의 긴 연체동물처럼 잠의 둘레를 에두르며 지나갔다. 정신이 명료해지는 순간은 악몽에서 깰 때뿐이었다. 악몽이라고는 해도 특별히 가혹한 풍경이 펼쳐졌던 건 아니다. 낯선 도시에서 엄마를 찾아다니다가 어느 순간 엄마가 죽었다는 것을 깨닫고는 어깨를 떨며 흐느끼는, 그 후로도 지금껏 주기적으로 반복되고 있는 레퍼토리였다. 악몽에서 깰 때마다 소스라치게 놀라며 침대에서 벌떡 일어나야 한다는 것이, 그때마다 허기 때문에 무언가를 먹어야 한다는 것이 오히려 실제적인 가혹함이었다. 배를 채우고 나면 고아의 삶에서나 가능한 상황들이 하나 하나 그려지곤 했다. 연고 없는 도시에 혼자 내던져진대도 돈을 들고 달려오거나 내 무사를 걱정해주는 사람은 없으리란 것도 그때 내가 그려본 상황들 중의 하나였을 것이다.

대전역을 빠져나와 쇼핑몰을 찾아갔다. 쓰레기통에서 주운 일회용 비닐우산은 자꾸만 뒤집어져서 비를 막아주는 데는 큰 도움이 되지 않았다. 초겨울에 외투도 걸치지 않은 채 여기저기 찢긴 우산을 들고 걸어가는 나를 사람들이 흘끗흘끗 쳐다보며 지나갔다. 그들은 내 옆을 지나갈 때는 옷깃이 닿는 것도 허락할 수 없다는 듯 방향을 바꾸었고 아이의 손을 잡고 마주 오던 젊은 여자는 내가 지나갈 때까지 아이를 감싼 채 등을 돌리고 서 있기도 했다. 그 시선과 행동이 낯설지 않았다. 서울역에서 목격했던 노숙자 여자, 지독한 악취를 풍기던 그녀를 대하던 방식대로 사람들은 나를 취급하고 있는 것이다. 눈에 보이지도 않고 잡아서 죽일 수도 없는, 아직은 발견되지 않아 이름조차 없는 미지의 바이러스를 품은 중간숙주라도 된다는 듯⋯⋯.

내 걸음은 의지와 상관없이 점점 빨라지고 있었다.

숨을 헐떡이며 쇼핑몰 앞까지 걸어가자 거짓말처럼 관광버스가 눈에 들어왔다. 저마다 큰 가방 하나씩을 멘 남루한 행색의 남자들이 버스 앞문에서부터 긴 줄을 이루고 있었는데, 모두 중년 정도로 가늠됐다. 그들은 보이지 않는 감시망 안에 있는 사람들처럼 끊임없이 주변을 살피는 중이었다. 옆 좌석 남자의 말을 믿고 그곳까지 갔으면서도 막상 그런 풍경과 맞닥뜨리니 당혹스러웠다. 부산이 아니라 국경 밖의 먼 나라로 가기 위해 잠시 환승역에 와 있는 것 같은 착각이 들기도 했다. 줄 끝에 서자 낮은 목소리로 오고 가는 이국의 언어가 들려왔는데, 그들의 국적이 다양한지 언어가 하나로 통일되어 있지는 않았다.

11시가 되자 버스 앞문이 열렸다. 마지막으로 버스에 탑승한 나는 운전기사에게 남자가 준 명함을 보여준 뒤 이 버스가 부산으로 가는 게 맞는지 물었다. 버스의 정확한 종착지점과 부산역과의 거리를 알고 싶었다. 그러나 짙은 선글라스를 쓰고 있어서 표정을 알 수 없는 기사는 어서 자리에 앉으라는 손짓만 할 뿐, 아무런 대꾸도 하지 않았다. 버스에 곧 시동이 걸렸으므로 나는 허둥대며 일단 빈자리를 찾아 앉아야 했다. 겁도 없이 아무나 막 태우라니, 지가 책임질 건가, 하는 목소리가 운전석에서 들려왔지만 나는 아무것도 듣지 못했다는 듯 차창 밖만 바라봤다. 겁이 나서였다. 버스에서마저 쫓겨난다면 또다시 태풍 속을 헤매고 다녀야 할 테니까. 외투가 없고 블라우스와 스커트가 비에 젖었다는 이유로 또다시 배타적인 시선을 받게 될 테고, 어쩌면 방호복을 입고 나타난 사람들에게 어딘가로 끌려갈지도 몰랐다. 버스가 출발하자 외국인노동자들은 길에서의 조심스러웠던 모습과 상반되게도 목소리를 높여 끊임없이 떠들어대기 시작했다. 소란스러워졌다가 잠잠해지고, 그러다가 고함이 오가는 상황이 반복됐다.

쉬지 않고 달리던 버스가 멈춘 건 오후 1시 30분이었다.

가장 마지막으로 버스에서 내리자 낮은 야산 아래 자리한 시멘트 건물들이 눈에 들어왔다. 공단이라고 해서 여기저기서 기계음이 들리고 수많은 노동자들과 운반 차량이 오가는 활기찬 곳을 상상했던 나는, 나목으로 우거진 야산과 건물들의 황폐한 외관에 주눅이 들었다. 대기는 서늘했다. 바람은 잦아들었고 비도 그쳐 있었지만 태풍이 막 지나간 탓인지 시야가 뿌옇고 탁했다. 그사이 함께 버스에서 내린 외국인들은 뒤 한 번 돌아보지 않고 놀라울 만큼 순식간에 뿔뿔이 흩어졌다. 찰캉, 찰캉, 하는 날카로운 쇳소리를 들으면서도 감히 그쪽을 쳐다보지 못한 채 나는 같은 자리에서 꼼짝도 하지 못했다. 내가 내 존재를 증명할 소지품 하나 없이 낯선 곳에 혼자 남겨졌다는 걸 인지한 건 버스마저 공단을 빠져나간 뒤였다. 그제야 나는 부산역까지 나를 데려다줄 만한 사람을 찾기 위해 가장 가까이에 있는 건물 쪽으로 다가갔지만, 조금 전의 쇳소리가 환청이 아니란 걸 증명하듯 건물 출입문엔 쇠창살이 내려와 있었고 창문은 그 안을 확인할 수 없을 만큼 까맸다. 다른 건물들도 사정은 비슷했다. 혼란스러웠다. 여기는 어디일까. 어쩌면 이곳은 공단이 아니라 서류나 신분증을 위조하는 곳이거나 불법으로 수입한 약물 같은 것을 포장하는 곳인지도 몰랐다. 몇 시간 전의 대전역 승강장이 화질 나쁜 텔레비전 화면처럼 기계적 잡음과 함께 흐릿하게 떠올랐다. 그곳에서 나는 역무원에게 도움을 요청해도 되었지만 그렇게 하지 않았다. 옆자리 남자의 휴대전화를 빌렸을 때는 회사 인터넷홈페이지에 접속해보거나 전화번호 안내 서비스를 이용할 생각도 미처 하지 못했다. 부산까지 안전하게 갈 수 있는 그 모든 기회를 놓치고, 대신 오늘 처음 본 남자가 일러준 정체불명의 버스를 탄 것이다. 그쯤에서 나는 인정할 수밖에 없었다. 결국 두려움과 당혹감에 떠밀린 충동적인 선택이 나를 이곳으로 데려왔다는 것을. 태풍 때문이야, 나는 중얼거렸다. 바람이 너무 세게 불어서 제정신이 아니었어. 아니, 새 때문이야. 아침에 새의 죽음을 목격했을 때부터 뭔가 불길했어. 확신에 차 연거푸 중얼거리다 말고 나는 이내 고개를 휘휘 내저었다. 아니야, 다 아니야, 그저 불면증 때문이야. 새벽에 깨지 않았다면, 그래서 남들처럼 정시에 출근했다면 장의 그 이상한 심부름은 내가 하지 않아도 되었을 테니까⋯⋯. 순간 장의 얼굴이 반사적으로 떠올랐다. 상자의 수신자인 일본인 고객에게 전화를 걸어 3시까지 사람이 도착할 테니 걱정하지 말라며 벙긋벙긋 웃는 얼굴이었다. 욕지기가 일었다. 바이러스 같은 놈, 망할 바이러스 같은⋯⋯. 돌아서서 걷기 시작했다. 아직 덜 마른 옷 때문에 온몸은 서늘하게 얼어가고 있는데도 눈두덩은 자꾸만 뜨거워졌다.

*

공단을 빠져나와 차도가 나올 것 같은 비포장도로를 따라 터덜터덜 걸었다. 장시간 걷기엔 적합하지 않은 구두 탓에 종아리가 아렸고 발가락엔 감각이 없었다. 여기저기 파인 물웅덩이에 발이 빠질 땐 구두가 벗겨지면서 올이 나간 스타킹에 흙물이 튀기도 했다. 마스크가 흘러내렸다. 빗물에 젖은 걸 하루 종일 쓰고 있어서인지 마스크의 끈은 끊어지기 직전이었다. 마스크를 빼서 바닥에 버린 뒤 밟고 지나갔다. 허기와 갈증, 그리고 추위가 번갈아 가며 내 감각을 지배했지만 인가는 좀처럼 보이지 않았고 아주 간간이 지나가는 승용차는 내가 아무리 손을 흔들어도 멈춰 서지 않았다. 언뜻 손목시계를 보니 시간은 그새 3시가 훌쩍 지나 있었다. 날짜변경선이나 시차 기준선을 지나온 듯 3시 이전의 세계가 까마득했다.

한참을 걷다가 구두 안에 찬 물을 빼내는데 해초 냄새가 훅 끼쳐왔다. 구두를 다시 꿰어 신고 발뒤꿈치를 들어 멀리 보니 수평선이 시야에 들어왔다. 나는 차도가 아니라 해변 쪽으로 걸어온 것이다. 해변에는 휴대전화를 소지한 관광객이나 무전기를 찬 해안경비대원이 있을지도 몰랐다. 단지 가능성일 뿐이었지만 선택의 여지가 없었다. 나는 수평선을 바라보며 다시 걷기 시작했다.

어느 순간 넓은 모래사장이 눈앞에 나타났다. 여름엔 해수욕장으로 이용될 터였지만 초겨울의 모래사장은 잿빛이었고 텅 비어 있었다. 관광객이나 해안경비대원뿐 아니라 파라솔과 튜브, 아이들의 웃음소리와 연인들의 발장난도 없었다. 대신 붉은 글씨로 '입수불가'라고 쓰인 팻말이 몇 개씩 세워져 있었고 컨테이너 박스로 된 간이 화장실이 보였다. 화장실은 몸 안에서 잔잔하게 찰랑이던 요의를 일깨웠다. 그곳으로 다가가 상자를 화장실 입구에 내려놓고 안으로 들어갔다. 세면대와 거울이 있었고 그 맞은편엔 변기가 있었다. 가까이 가서 보니 변기엔 똥과 오줌이 한데 엉켜 굳어 있었다. 구토감을 참으며 최대한 빨리 오줌을 눈 뒤 레버를 내렸지만 물은 내려가지 않았다. 세

면대 수도꼭지도 고장 나 있긴 마찬가지였다. 수도꼭지를 이리저리 돌리다가 고개를 든 순간, 머리칼은 잔뜩 헝클어지고 화장은 다 번진 내가 보였다. 심지어 블라우스의 단추 하나가 떨어져 나간 자리로 얼핏 속옷이 보이는데도 나는 그마저 인지하지 못한 채 공단에서 이곳까지 걸어온 것이다. 비에 젖어 있다가 서서히 마르면서 구겨진 옷에선 비린내가 났다. 아니, 배설물 냄새였던가. 다시 거울 속 내 얼굴을 찬찬히 살펴보았다. 자신의 몸 하나 정기적으로 관리하지 않아서 악취가 나는데도 태평하게 꾸벅꾸벅 졸며 살아 있는 시간을 소진해가는 사람, 그러다가 어느 날 문득 긴 잠에서 깨어나듯 자리를 털고 일어나 회한도 격정도 없는 얼굴로 건물 옥상에서 순식간에 몸을 날리는 사람, 보도블록에, 차의 보닛과 건물의 차양 위에, 혹은 누군가의 구두코 앞에 툭 떨어져 고개를 꺾는 사람, 거울 속에는 그런 사람이 살고 있는 듯했다. 황급히 돌아서는데 발치에 상자가 걸렸다. 아침에 장에게서 받았던 그대로 테이프로 꼼꼼하게 밀봉된 3호짜리 우체국 상자였지만, 다시 생각해보니 테이핑이나 우체국 마크가 상자의 고유한 정체성은 될 수 없었

다. 어쩌면 이 상자는 장에게서 받은 상자가 아닐 수도 있는 것이다. 상자를 주워 화장실에서 나와 모래사장 쪽으로 걷는데 어딘가에서 새의 울음소리가 들려왔다. 멈춰 선 채 주변을 획획 돌아봤지만 새는 보이지 않았고, 다만 그 울음소리만 점점 가까워지고 있었다. 그런데, 새 울음소리가 예전에도 이랬던가. 감각을 믿을 수 없었다. 신뢰할 수 없는 감각을 통해 들려오는 새들의 울음소리는 자못 절박했다. 마치 내게 반드시 전할 말이 있다는 듯이, 이제 내가 그 전언을 들어줄 차례라고 항변하듯이……. 그때 새 한 마리가 내 앞으로 뚝 떨어졌다. 이번엔 참새가 아니었다. 흰 머리에 부리가 노란, 전체적으로는 청색과 갈색이 섞인 새였다. 작은 가슴을 팔딱거리는 이름을 알 수 없는 새를 물끄러미 내려다보다가 나는 그것, 곧 숨 없는 무기물이거나 폐기해야 하는 쓰레기로 남게 될 작은 생명체를 오른쪽 발로 쓱 밀어냈다.

빗물을 먹은 모래사장으로 들어서자 발이 푹푹 빠졌다. 나는 바다를 마주 본 채 그대로 주저앉았고 상자를 무릎에 올렸다. 상자의 테이프를 뜯기 시작했다. 천천히, 그러다가 점점 거칠

어지는 손길로 우악스럽게 뜯고 또 뜯었다. 마침내 상자가 열리면서 그 안이 드러났다.

　웃음이 났다.

　기침까지 해대며 정신없이 웃다가, 나는 다시 상자 안을 들여다봤다.

　하염없이 들여다봤다.

＊　계간 〈문학과사회〉 2016년 가을호에 발표한 동명의 짧은 소설에서는 줄거리를, 단편소설 「새의 종말」(『목요일에 만나요』, 문학동네, 2014)에서는 모티프를 가져와 개작하였음을 밝힙니다.

귀향

나는 쓰지 않는다.

낯선 감각에 눈이 떠진 순간, 또다시 그 문장이 의식의 밑바닥에서 부표처럼 떠올랐다. 집에서 수천 마일 떨어진 이곳에서도 잠에서 깨자마자 가장 먼저 인식의 그물 안으로 들어오는 건 어김없이 그 문장인 것이다. 다섯 번째 장편소설을 출간한 뒤 단 한 문장도 쓰지 못했던 지난 일 년 내내 **나, 는, 쓰, 지, 않, 는, 다,** 는 그 문장은 마치 생애의 보이지 않는 위성들이라도 되는 양 그의 생각과 감각 주변을 끊임없이 돌고 돌았다.

시차 때문인지, 아니면 호텔 내 식당에서 점심을 해결하자마자 몇 시간이나 곯아떨어져서인지 잠은 더 오지 않았다. 시계를 보니 저녁 7시가 다 되어가고 있었다. 침대에서 일어나 창가로 걸어가던 그는 어느 순간 그대로 멈춰 섰다. 길게 이어지는 강렬한 사이렌 소리 때문이었다. 블라인드를 올리자 마치 붕대를 푼 순간 곪은 상처가 드러나듯 경찰차와 소방차, 그리고 응급차가 한꺼번에 경광등을 빛내며 거리를 가로지르는 게 보였다. 저 사이렌이 멈추는 곳은 분명 시위 현장일 것이다. 이 나라에선 거의 날마다 시위가 벌어진다고 그는 뉴스에서 수없이 보아왔다. 시위에서는 간혹 실탄이 오간다는 소문―공식 뉴스에선 이 소문을 다루지 않았다―도 들려오곤 했는데, 오랫동안 경제적인 안정과 높은 수준의 민주주의를 누려온 이 나라 사람들이 국가파산을 맞게 한 현 정권을 그만큼 절박하게 증오하고 있다는 의미일 터였다.

그는 오늘 아침 이 나라에 도착했다. 라라의 고향이자 언젠가 라라와 함께 방문하게 될 거라고 한 번도 의심 없이 확신했던 곳……. 그는 유년 시절 내내 라라가 해준 음식을 먹으며 성장했고, 그녀와 손을 맞잡은 채 공원을 걷고 함께 빵이나 쿠키를 만들고 서로에게 기대어 책을 읽던 그 모든 순간의 힘으로 차갑고 엄했던 아버지의 훈육을 견뎌낼 수 있었다. 일 년이 지나도 좀처럼 슬럼프가 종식되지 않아 괴로워하던 그에게 이

나라로의 여정을 제안한 사람은 에이전트이자 애인인 크리스틴이었다. 크리스틴은 말했다.

"그곳이 위험하다니 나도 보내고 싶지 않아. 하지만 사람은 일이 잘 안 풀릴 때 고향으로 엄마를 만나러 가곤 하잖아. 그 나라는 라라의 고향이고 라라는 너에게 엄마와 다르지 않으니, 그곳에서 다시 쓰고 싶다는 의지를 찾을 수도 있지 않을까?"

처음에 그는 크리스틴의 제안을 농담으로 넘기려 했지만 그녀가 선택한 엄마랄지 고향이라는 단어가 머릿속에서 크고 작은 물결로 일렁이는 것을 부정할 수 없었다. 이 나라로의 여정이 슬럼프의 유일한 돌파구가 되리란 걸 어느새 그는 맹신하게 되었는데 막상 그가 떠나겠다고 밝혔을 때 크리스틴은 걱정을 감추지 못했다. 그녀의 걱정은 빗나가긴 했다, 적어도 지금까지는. 이 나라의 공항에 도착해서 입국 절차를 밟을 때나 호텔행 리무진 버스를 타고 시내를 통과할 때, 호텔 로비에서 체크인을 한 뒤 배정된 방으로 올라올 때도 그는 이 나라의 위험성을 단 한 번도 감지하지 못했다. 시위의 풍경은 전혀 눈에 들어오지 않았고 돌멩이 하나 던지는 사람이 없었다. 다니는 차량이나 인적이 뜸하긴 했지만 전반적으로 질서가 잡혀 있다고 그는 느꼈다. 처음엔 의아했으나 호텔에서 짐을 풀 즈음 도시의 표면이 가장하고 있는 평온이 당연하게 생각되기도 했다. 전쟁 중에도 파티는 열렸을 테니까. 죽고 죽이는 전장을 조금만 벗어나면 술과 음악이 있는 연회장과 자녀들에게 굿나이트 키스를 해주는 안온한 집과 무기를 팔고 장례식장을 운영하며 벌어들인 돈을 침 묻은 손으로 한 장 한 장 세는 누군가의 사무실이 있었을 것이다.

5년 전, 전 세계적인 자원 고갈과 식재료의 물가상승에서 시작된 인플레이션은 버블 붕괴와 주가 폭락으로 이어졌고 중남미와 아시아, 아프리카 국가들을 중심으로 채무불이행 선언이 도미노처럼 이어졌다. 엄밀히 말해 한 국가의 힘으로는 당시의 경제적인 파탄을 피해 가기란 거의 불가능한 것이었지만, 수년 전부터 주변 국가들과 전쟁을 치를지 모른다는 공포—아무리 재정이 탄탄한 나라도 하루아침에 파산할 수 있었던 그때, 미국이나 UN은 세계 곳곳에서 감지되던 전쟁 가능성을 막을 여력이 없었고 막겠다는 의지도 없었다. 운 좋게 경제 붕괴를 피해 간 국가들은 외려 전쟁으로 불황의 물꼬가 트이기를 기다렸는지 모른다―에 사로잡혀 한 정권의 장기 통치를 허락했던 이 나라의 국민들은 현재의 대통령과 집권당의 실책으로 사태가 악화되었다고 믿는 듯했다.

그는 코트를 걸친 뒤 휴대전화와 지갑, 카드키를 챙겨 곧 방에서 나왔다. 보고 싶었다. 아니, 봐야만 믿을 수 있을 것 같았다. 이 나라의 환부를 직면한다면, 그렇게만 된다면, 어쩌면 쓰고 싶은 것이 떠오를지 몰랐다.

걸음이 빨라졌다.

경찰차와 소방차, 응급차가 달려갔던 방향으로 20여 분 정도 무작정 걸으니 이 나라의 실상이 조금씩 보이기 시작했다. 상점들은 거의 다 불이 꺼져 있었고 간혹 불이 켜진 상점 앞에는 사람들이 수십 명씩 줄을 서고 있었다. 식료품이나 생필품을 구하지 못할지도 모른다는 걱정 때문인지 그들은 초조해 보였다. 쓰레기통을 뒤지는 사람이 있는가 하면 싸우는 자, 싸우다 울고 나뒹구는 자들, 술에 취한 남자와 혼잣말을 중얼거리는 여자, 구걸하는 아이들, 쓰레기통을 뒤지는 청년, 그 청년

곁에 쭈그리고 앉아 빵을 뜯어먹는 소녀, 달러?, 두 유 원트 러브?, 제각각 다른 목소리로 물으며 다가오는 여자들도 있었다. 옅은 어둠 속으로 퍼져가는 그들의 하얀 입김만이 그들이 아직 유령이 아니라는 것을 증명하는 것만 같았다. 라라……. 그는 속으로 라라, 부른 뒤 속삭였다. 여기가 라라의 고향이래, 믿겨져? 그 순간 세상에, 오, 신이여, 중얼거리며 어깨를 떠는 라라가, 슬픈 당혹감으로 물든 그녀의 얼굴이 그의 눈에는 보이는 듯했다.

그의 생모는 그가 제힘으로 걸어 다니는 걸 보기도 전에 새로운 남자와 함께 유럽 어딘가로 떠나버렸으므로 아버지는 보모이자 가정부로 라라를 고용하게 됐다. 라라는 열 살 무렵 미국 가정에 입양되었다가 성인이 되기 전 파양되었다고 그는 들었다. 문제는 그녀의 양부모가 그녀 앞으로 시민권을 신청해놓지 않았다는 것이었는데, 그 탓에 라라는 언제라도 미국에서 추방될지 모른다는 불안 속에서 살아야 했다. 라라가 그의 집에서 지내는 동안 아버지와 라라는 부부에 가까운 관계로 발전했지만 그들은 끝내 결혼하지 않았다. 라라가 안정된 신분을 얼마나 바랐는지 알았고 라라의 노동과 애정 어린 보살핌을 충분히 누렸으면서도 아버지는 라라와의 결혼을 계속 미루다가 어느 날 갑자기 심근경색으로 허무하게 죽음을 맞았다. 장례식 이후 그는 아버지의 법적대리인과 친척들의 일방적인 결정에 기숙사가 딸린 중학교로 진학해야 했고, 라라에게는 아버지의 유산이 한 푼도 돌아가지 않았다. 라라가 죽었다는 소식은 그가 대학입시를 치르던 해 전해졌다. 길거리에서 생활하던 중 영양실조로 죽은 라라, 그녀는 보험에 가입하지 못했고 서류상 가족이 없었으므로 무연고 시신으로 안치실에 머물다가 화장됐는데, 담당 공무원이 라라가 남긴 편지를 보고 그에게 소식을 전해주었을 땐 그 모든 절차가 마무리된 뒤였다. 그때부터 그는 아버지를 미워하기 시작했다. 유일한 피붙이였고 이미 죽은 사람이었지만 미워할 수밖에 없어서 미워했다. 그를 미워해야 라라에게 연락 한번 제대로 해보지 않은 자신을 견딜 수 있어서였다는 것을 인정하기까지 오랫동안…….

　젊은 남자가 그의 어깨를 툭, 치고 지나갔다. 사과의 말도 잊은 듯 어딘가로 다급하게 뛰어가는 남자를 그는 반사적으로 따라가기 시작했다. 짐작했던 대로 곧 시위의 함성이 들려왔다. 3미터는 족히 넘을 철제 바리케이드도 눈에 들어왔는데, 바리케이드 아래서 사람들은 인간 사다리를 만들어 서로가 서로를 넘겨주고 넘어가고 있었다. 그가 다가가자 그의 외모 때문인지 몇몇 사람들이 길을 내주었다. 누군가는 그에게 외신기자냐고 영어로 물었고 누군가는 땡큐를 외치기도 했다. 어느 순간 그의 몸은 여러 손들의 힘으로 바리케이드 위로 올라가게 되었다. 가까스로 담 위에 올라 시위 현장 쪽으로 고개를 돌린 그는 너무 놀란 나머지 벌어진 입을 다물지 못했다. 그곳에 모인 사람들의 숫자가 너무 적어서였다. 고작 수십 명 정도의 사람들이 실탄이 장전된 총은커녕 나무 막대기 하나 들지 않은 채 무장한 경찰들과 대치 중이었다. 그때 어디선가 긴 호각 소리가 들려왔고, 곤봉과 방패를 든 경찰들이 시위대 선봉에 포진되어 있는 휠체어에 탄 장애인들부터 닥치는 대로 땅바닥에 내동댕이치기 시작했다. 제 몸 하나 제대로 가누지 못하는 중증장애인들은 다시 휠체어에 오르기 위해 사지를 버둥거렸고 몇몇 경찰들이 그들을 밟고 지나갔다. 그는 토할 것만 같았다.

시위대 속 한 사람 한 사람이 모두 라라로 보여서였다. 라라가, 라라들이, 밟히고 쓰러지고 맞고 잡혀가고 있는데도 아무것도 할 수 없어서 속이 뒤틀렸다. 경찰의 진압은 처음부터 승패가 정해진 게임처럼 신속하게 이루어졌다. 어느 순간부터 그의 시선이 작은 체구의 여자에게로 가닿았다. 도망치는 시위대와 달리 경찰 쪽으로 한 걸음씩 향하고 있는 그녀의 뒷모습은 정말이지 그가 기억하는 라라, 그 자체였다. 그는 라라를 붙잡겠다는 듯 팔을 뻗었고 그 탓에 금세 바리케이드 아래로 떨어졌다. 추락의 충격 때문인지 머릿속이 금세 혼몽해졌다. 라라, 근데 라라는 진짜 라라야? 언젠가 라라에게 그렇게 물으며 라라를 빤히 올려다봤던 순간이 뿌연 머릿속에서 입체적으로 구조화되기 시작했다. 유진, 부르며 허리를 숙여 그와 눈을 맞추는 라라의 얼굴이 너무도 선명했다.

"난 사실 이름이 두 개야. 하나는 고향에서 불리던 이름, 그리고 다른 하나는 미국에서 지어진 이름……. 그런데 난 그 두 개의 이름이 다 싫어. 내가 태어나 살아갈 자격도 없다고 자꾸만 환기시키는 이름들이니까. 라라는 내가 스스로에게 선물해준 이름이야. 라라, 노래하는 것 같잖아. 난 지금의 내 이름이 마음에 드는데, 너는 아니니?"

"나도 맘에 들어. 나는 다만 라라의 진짜 이름이 알고 싶은 거야."

"한국에서 불리던 이름 말이야?"

"그래."

"너희 아버지와 면접을 볼 때, 사실 나는 네 이름을 듣자마자 반드시 채용되어야 한다고 생각했어. 운명이라고 믿었거든. 왜 냐하면 나도 오래전 유진이었으니까. 이유진, 그게 내 첫 번째 이름이야."

라라는 웃으며 그렇게 말했다. 웃고 또 웃으며 언제나처럼 아무런 대가도 계산도 없이 그를 안아주었다. 라라처럼 생기고, 라라만큼 손길이 따뜻한 사람들이 사는 도시를 그는 밤마다 상상하곤 했다. 아름다웠다. 매번, 예외 없이, 상상 속의 이 도시는 구름 한 점 없이 화창했고 마주치는 모든 사람들은 한 줌의 적의도 없는 순박한 미소로 그에게 인사해주었다. 싸우고 미치고 구걸하고 쓰레기통을 뒤지는 사람들은 단 한 명도 살지 않는 곳이었다.

"미스터, 괜찮습니까?"

쓰러져 있던 그에게 누군가 손을 내밀며 물었다. 그의 어깨를 치고 지나가면서 결과적으로 그를 이곳까지 유인한 그 젊은 남자 같기도 했다. 라라를 꼭 닮았던 그 작은 체구의 여자는 이미 시야에서 사라지고 없었다.

"여기에 이렇게 누워 있으면 위험해요. 일어날 수 있겠어요?"

남자는 다시 물었고 그는 천천히 고개를 끄덕였다. 그가 내미는 손을 잡고 힘겹게 바닥에서 일어난 순간, 그의 머릿속으로 명료한 문장 하나가 지나갔다. **나는 쓰지 않는다.** 호텔로 돌아가면 작업 파일을 열고 쓰게 될 첫 문장이었다. 작가가 된 이후로 처음 써보는 자전적인 글, 이 나라의 오늘을 증언하는 글, 그는 그 글 서두에 한 사람을 향한 헌사의 문장을 담을 생각이었다. 귀향, 그 에세이의 제목이었다.

* 단편소설 「밤의 한가운데서」(『목요일에 만나요』)에서 기본 설정과 일부 문장을 가져왔음을 밝힙니다.

가장 큰 행복

그의 내부에는 상점들이 일렬로 늘어선 거리가 있다.

간판조차 제대로 달리지 않은 허름한 술집, 고장 난 라디오와 텔레비전이 여기저기 쌓여 있는 전파사, 오케스트라를 구성해도 될 만큼 다양한 악기가 구비된 악기 상점, 문방구, 화원, 채소 가게, 코인 세탁소, 편의점과 편집숍, 그 외에도 수많은 상점들……. 그 거리에선 하루에 하나의 상점에만 불이 켜지는데 어느 상점에 조명이 켜지는가는 그날 그의 상태―기분이랄지 감정의 배합 정도, 우울의 분량, 나를 사랑하는 농도 같은 것에 달려 있다. 가령 그가 우리의 현재에 대해 뿌듯한 마음이 커지면서 유독 사랑스러운 시선으로 나를 보는 날이면 나는 그의 내부에서 환해지는 아기자기한 선물 가게를 눈으로 그릴 수 있다. 물론 다른 상점일 때도 있다. 우리가 나눠 읽은 책들이 책장마다 가득한 서점이거나 추억이 밴 음식이 한 상 차려진 식당 같은……. 나와 사소하게 부딪쳐 마음이 상했을 날엔 시끄러운 음악이 귀청을 때리는 술집에, 떠나온 가족이 그리운 날엔 중고품 판매점이나 사진관에 불이 켜진다. 아주 가끔이지만 도무지 그 정체를 알 수 없는 음습한 분위기의 상점에 불이 켜질 때도 있다. 그가 극도로 예민해진 날이므로, 그때는 나도 내 숨소리마저 조심한다. 나는 그런 방식으로, 그러니까 그의 내부를 상점들이 늘어선 거리로 치환하여 상상하는 방식으로 그를 배려하고 이해해왔다. 늘 성공한 건 아니지만 말이다.

그 거리에 시계탑이 우뚝 솟아오른 건 넉 달 전이었다. 그날 저녁 식탁에서 그는 고개를 비스듬히 숙인 채 아내가 브로커를 통해 딸이 아프다는 소식을 전해왔다고, 짐짓 무심한 목소리로 말했다. 타운 안의 인구가 줄어서 가족이 초대한 경우엔 타운 밖 사람도 입주가 가능해졌다고, 아내는 그만 준비되면 입주 절차를 밟으려 한다고 덧붙여 말하기도 했다. 나는 젓가락을 내려놓고는 물로 입을 한번 헹군 뒤 창밖으로 시선을 돌렸다. 돌아가야 할 것 같아. 기어코 그렇게 말하는 그를 그 순간 확인하지 않아도 되어서 좋았다. 그날, 나는 잠들지 못했다. 새벽 내내 그의 거리로 들어가 하염없이 걸었고 어느 순간 내 앞을 가로막는 그것, 바로 시계탑 앞에서 멈춰 선 것이다. 하루아침에 새로 생긴 시계탑을 신기해하며 고개를 한껏 뒤로 젖혀 올려다보자 그제야 시침과 분침이 움직이기 시작했다. 나는 알 수 있었다, 그 시계탑은 우리의 이별을 알리기 위해 그곳에 있는 것임을. 그렇다면 우리가 헤어지는 날에 시곗바늘도 멈추게 되는 것이리라. 거리는 촬영이 끝난 영화 세트장처럼 고요해질 것이고, 고요하게 암전된 채로 서서히 지워져갈 것이다.

그를 잡을 수는 없었다.

지난 17년 동안 그가 그 누구도 가늠할 수 없는 빈도와 깊이로 딸을 그리워했다는 걸 나는 잘 알고 있었다. 흙을 슙다가 잠시 손짓이 멈칫하면 그 애의 감촉이 떠올라서고 산책 중에 멈춰 서곤 하는 건 풀 냄새나 바람 냄새에 그 애의 체취가 겹쳐져서란 것도. 딸애가 일곱 살 때, 그는 실내 타운으로 입주할 예정이던 아내와 딸에게 전 재산을 쥐여준 뒤 내게로 왔다. 각자의 생존을 준비하라는 메시지와 함께 전 세계적으로 대재앙이 선포된 직후 국가마다 마지막 남은 절망의 힘으로 거대 실내 타운을 건설하던 그해, 아이러니하게도 우리의 진짜 사랑과 생애는 시작된 셈이다.

*

　오늘이다.

　그와 내가 연인으로 함께한 날들을 종결짓기로 한 마지막 날…… 창밖의 새소리와 침대 밑에서 일리가 칭얼대는 소리에 눈을 떴을 때, 나는 오늘의 의미를 서늘하게 의식한 동시에 이 아침이 꿈의 연속이라면, 영원히 깨지 않는 그런 꿈이라면 어떨까, 덧없는 소망을 품기도 했다. 그를 향해 몸을 돌려 아직 열리지 않은 그의 얼굴을 넌지시 바라봤다. 침대에서 함께 아침을 맞이하는 것이나 잠든 그의 얼굴을 훔쳐보는 것, 모두 오늘이 마지막이었다. 아침의 침대에서만 감각되는 냄새와 온도, 그가 갑자기 번쩍 눈을 뜨고는 내게 장난을 칠지 모른다는 기대감, 그날의 날씨와 수확 가능성을 점치며 근심이든 기쁨이든 나눌 준비가 되어 있는 여유, 그 모든 것이 내일이면 과거라는 폐쇄된 영역으로 넘어가는 것이다. 그사이 일리는 가까스로 침대 위로 올라오더니 그와 나 사이를 파고들었다. 제대로 먹지 못해 네 다리와 꼬리가 가늘어지고 털이 듬성듬성 빠진 늙은 일리를 보는 게 오늘따라 고통스러웠다.

일리는 올해 열세 살로, 눈도 못 뜬 새끼일 때부터 우리와 함께했다. 고양이의 생애주기로 따진다면 그와 나보다 훨씬 더 죽음에 가까운 생명체임에 분명하지만, 우리에게 그는 여전히 아이 상태에 머물러 있는 외동아들이나 마찬가지이다. 우리 각자와 우정을 나눈 친구이자 우리의 관계를 가장 오랫동안 지켜봐온 증인이기도 했다. 평화주의자, 그와 나 사이의 중립국, 그리고 어쩌면 이 지구상에 남은 마지막 집고양이…….

또렷이 기억하고 있다.

우리가 이곳 이천의 빈집에 정착하여 농사를 지으며 생활한 지 4년쯤 되었을 무렵, 집 주변에서 간간이 고양이 울음소리가 들려왔다. 어느 날 작정하고 그 소리를 따라가 보니, 그해 여름

햇볕에 여러 부위가 녹아버려서 수리를 포기한 폐비닐하우스 앞이었다. 여름을 지나면서 공동 쓰레기장이 되어버린 폐비닐하우스 한구석, 치즈색의 고양이가 빨간색의 일리 커피 상표가 붙은 종이 상자 안에서 새끼 세 마리와 함께 살고 있었다. 이런 시대에도 새끼를 낳는 동물이 있구나, 내가 말하자 그는 일리 커피 상자가 아직 남아 있는 게 더 신기하다며 웃었다. 그날 우리는 그 고양이 가족을 산짐승이 범할지 모르는 폐비닐하우스에서 구출하기로 합의했다. 인간의 음식으로는 고양이들을 건강하게 키워내지 못하리란 걸 알면서도 그렇게 했다. 그는 두고 온 아내와 딸을, 나는 혼자 살 때 내 반려였던 연갈색 강아지 라테를 그 고양이 가족에 겹쳐 보았기 때문이었는지도 모르겠다. 일리 상자는 거실 안쪽에 놓였다. 우리는 상자 안에 담요를 깔아주었고 젖을 생산해야 하는 어미 고양이에게는 쌀죽을 끓여주기도 했다. 다행히 고양이 가족은 그 겨울을 잘 버텨주었다.

그리고 두 달 뒤, 진눈깨비가 흩날리던 날, 어미 고양이는 두 마리 새끼들과 함께 감쪽같이 사라졌다. 새끼 중 한 녀석을 놓고 간 까닭은 어미 고양이가 양육할 수 있는 최대치가 딱 두 마리여서였을 것이다. 남겨진 고양이, 그러니까 다른 두 형제에 비해 작고 말랐던 새끼 고양이를 우리는 일리라고 부르며 가족으로 받아들였다. 아니, 어쩌면 일리가 우리를 선택한 건지도 모르겠다. 일리가 있어서 우리는 적어도 하루에 한 번 이상은 더 웃으며 살 수 있었으니까. 일리의 뒷덜미나 배에 얼굴을 묻는 동안만큼은 모든 걱정과 비관을 잊곤 했으니까.

일리의 가르릉 소리 때문인지 그가 눈을 떴다.

"일어났어?"

"응. 좋은 아침."

"너도 좋은 아침."

"근데, 새벽에 혹시 비 내렸어?"

"설마……."

나는 고개를 갸웃했고 그는 꿈이었나, 중얼거리다가 상체를 일으켜 창문을 열었다. 그 순간, 세상의 표면을 적신 물 냄새가 훅 끼쳐왔다. 얼마만의 비 냄새인가. 그와 나는 약속이라도 한 듯 동시에 침대에서 내려가 대충 옷을 껴입고는 밖으로 뛰쳐

나갔다. 조금이라도 비가 왔을 땐 흙을 솎아야 하고 최대한 많은 모종을 심어야 하며 수로랄지 빗물 저장 통도 살펴야 한다.

42일 만에 내린 비였다. 흡족한 양은 아니지만 최악이던 시절에 비하면 하늘은 분명 관대해졌다. 하긴, 지금 이곳에서 작동하는 시설이라곤 농작물을 가공하거나 기본적인 생필품을 제조하는 공장뿐이고 그마저 자체적으로 운영하는 발전기나 태양열 패널에 문제가 생기면 예고 없이 멈추곤 했다. 실내 타운에서 생성되는 탄소가 타운 밖으로 배출된다는 거야 공공연한 비밀이긴 했지만, 그래 봤자 뜨겁게 오염된 대기를 막아주는 막 하나가 플러스된 곳에 지나지 않았다. 그곳에서도 이전 시대처럼 공장이나 시설이 제대로 돌아갈 리 없고 탄소 배출량도 시시한 수준일 게 뻔했다. 변화를 감지한 누군가는 실내 타운을 둘러싼 막이 곧 허물어질 거라고, 공장과 기업과 정부가 재건될 거라고 떠들어대기도 했지만 나는 그런 전망을 믿지 않았다. 임계점은 이미 지나갔고, 이전 시대는 영영 돌아오지 않을 것이다. 무너진 체계는 비가역적이었다.

*

그런 여름이 있었다.

단순히 덥다는 표현으로는 부족했던 여름, 폭염과 폭염이 유발하는 질병이 사람을, 그렇게나 많은 사람들을 죽일 수 있다는 걸 실감했던 그 여름…… 그해 여름을 기점으로 매해 여름이면 곡물이 타들어갔고 곡물을 회복시켜줄 땅이 병들어갔으며 산불과 홍수도 빈번해졌다. 여름의 에너지는 그대로 겨울로 이동하여 폭설과 한파로 이어졌고, 그 이상 징후들의 강도는 매해 갱신됐다. 생태계가 교란됐고 해충이 들끓었으며 땅과 바다와 하늘에서 동물들이 죽어나갔다. 심상치 않은 기류가 형성된 건 분명했지만, 돌이켜보면 그때도 대재앙을 예견하는 사람은 많지 않았다. 늘 그랬듯 자연은 그 특유의 자생 능력으로 복구될 거라고, 몇 차례에 걸쳐 강화된 기후협약과 국가마다 실행하는 그린 정책이 효과를 보일 거라고 전문가들은 예측했고 온갖 미디어도 앞다퉈 보도했지만, 전 지구적인 식량난과 전례 없는 최악의 인플레이션이라는 가혹한 지옥은 결국 도래하고 말았다. 대부분의 나라가 굶주린 시민들의 시위, 아니면 내전을 겪었고 진압, 발포, 사망, 난민 같은 단어는 각국의 보편적인 이슈가 되었다. 바이러스를 억제하는 데 최적화되어 있던 자연의 어떤 질서가 무너지면서 주기적으로 창궐하던 바이러스도 감당하기 힘든 재난이긴 마찬가지였다. 자연은 마치 오랜 세월 복수를 준비해온 치밀하고 과묵한 설계자처럼 더 빨리 번지고 더 어렵게 진압되는 바이러스를 배양해냈고, 식량난과 식량난에서 파생되는 혼란과 갈등으로 이미 방어 능력을 상실한 각국 정부는 집단면역이 형성될 때까지 속수무책일 수밖에 없었다. 당연히 돈을 기준으로 돌아가던 기존 경제 체계는 붕괴됐고 파산과 실업은 일상이 되었다. 기업이 사라져갔고 학교, 병원, 관공서, 군대, 그리고 최종적으로는 정부마저 축소되고 희미해졌다. 마치 거대한 지우개가 쓸고 지나간 듯 이전의 풍경과 활기를 찾을 수 없는 황폐한 거리에는 해고 노동자들과 미래를 박탈당한 청년들이 그저 숙주의 정체성만 지닌 채 떠돌아다녔다. 그와 나처럼 공항에서 일하던 노동자들은 그중에서도 가장 먼저 정리됐다. 아니, 정리가 아니라 삭제라고 표현해야 어울렸다. 대통령이나 외교관, 대기업 총수 같은 사람을 제외하면 아무도 비행기를 타지 않는 시대가 도래했으니까. 여행은 전생의 일처럼 까마득해졌고 공항은 유적지나 다름없는 공간이 되어버린 것이다.

텃밭에서 얼추 일을 마쳤을 땐 정오가 훌쩍 지나 있었다. 우리는 흙 묻은 옷을 털며 집으로 들어갔고, 방전된 채 각각 거실 바닥과 식탁 의자에 널브러졌다. 먼저 기운을 차리고 자리에서 일어난 건 그였다. 나는 여전히 바닥에 누워 그가 선반에서 무언가를 꺼내는 걸 지켜봤다. 곧 물 끓는 소리가 들리더니 커피 향이 내게까지 퍼져왔다. 나는 반사적으로 몸을 일으켜 그에게 다가갈 수밖에 없었다. 장터에서 커피는 채소든 쌀이든 한 박스를 주어도 구하기 힘든 품목 중 하나였다. 본격적인 식량난이 시작될 무렵엔 배를 채워줄 음식이 부족한 것보다 커피나 맥주를 맘껏 마실 수 없다는 것이 더 고통스럽기도 했었다.

"어디에서 났어?"

컵에 얼굴을 들이밀며 묻자 그냥, 이라고 그는 싱겁게 대답했다. 분명 자신의 물건 중 아직 쓸 만한 무언가를 내놓았으리란 생각과 함께 나는 자연스럽게 그의 손목을 내려다봤다. 햇빛에 자동으로 충전이 되어서 고장만 나지 않는다면 반영구로 쓸 수 있는 손목시계가 보이지 않았다.

"어차피 필요 없었어. 지나간 시간도, 남은 시간도 궁금하지 않아. 오히려 홀가분해서 좋아."

내 시선을 느꼈는지 그가 나지막이 중얼거렸다. 커피 가루는 어림잡아 열 잔 정도는 타 마실 수 있는 양이었다. 오늘 이곳을 떠나면 그만인데 뭐 하러 시계까지 팔았느냐고 물으려다가 이내 그만두었다. 따지고 보면 오전의 텃밭 관리 역시 그가 군이 관여하지 않아도 되는 일이었다. 텃밭, 농사, 일리와 나의 양식, 이제 내일이면 그는 그 모든 것과 무관한 사람이 되는 것이다.

"내일 아내분이랑 약속 시간 정해놓은 거 아냐? 시계 없어도 괜찮겠어? 게다가 앞으로는 타운 안에서 살아야 하잖아."

"미래가 없기는 거기나 여기나 매한가진데 시계가 무슨 소용이야. 약속이야 뭐, 만나기로 한 장소에 가 있으면 어떻게든 만나게 되겠지. 정확한 시간 따위 정해놓지도 않았어."

말하며, 그가 커피가 담긴 컵 하나를 내게 내밀었다. 드리퍼

와 거름종이가 없어서 커피 가루가 바닥에 그대로 깔린 투박한 커피였지만 오랜만에 흡입한 카페인은 실핏줄 하나까지 일깨우는 전율을 선사했다. 우리는 곧 커피에만 온전히 집중했다. 일리는 낯선 향이 영 취향에 안 맞았는지 우리를 보며 인상을 잔뜩 구기더니 이내 침실 쪽으로 사라져버렸다. 우리는 그런 일리를 보며 동시에 웃음을 터뜨렸다.

"어때, 맛있어?"

웃음이 잦아들 무렵 그가 물었다.

"말해 뭐 해."

"해지기 전에 장터에 가서 저녁거리 구해 와야지."

"생각한 메뉴 있어?"

"가는 동안 생각하지 뭐. 너도 생각해봐."

"그래."

"파티처럼, 알았지?"

그의 마지막 말에 나는 최대한 힘주어 웃어 보였다. 파티, 라는 표현에 기분이 한결 나아지면서도 그 파티가 내 삶에서는 마지막이라고 생각하니 뼛속까지 비어가는 듯한 헛헛함이 밀려왔다. 어제 먹다 남은 빵과 야채로 서둘러 점심을 준비하는 그의 뒷모습을 나는 물끄러미 건너다봤다. 맥도날드……. 그 순간, 나는 그의 내부에 있는 거리에서 맥도날드의 둥근 M자가 밝아지는 걸 보았다. 그야 당연히 공항 출국장에 있던 맥도날드와 그 구조는 물론 세부적인 풍경까지 똑같은 곳이었다.

*

점심을 먹은 뒤 우리는 집에서 나와 군데군데 칠이 벗겨지고 타이어도 마모된 파란색 픽업트럭에 올랐다. 세상이 이렇게 망가지고 나니 자동차를 구하는 건 오히려 쉬웠다. 많은 사람들이 차를 버리고 어딘가로 떠나버린 뒤 다시는 돌아오지 않았으니까. 정비와 연료가 문제이긴 했다. 정비를 해줄 만한 기술자나 기술자의 부품 상자는 찾기 힘들었고 휘발유나 경유, 전기 같은 연료는 늘 부족했다. 새 자동차는 더 이상 생산되지 않고 모든 사물은 녹슬거나 마모되기 마련이니 자동차를 타고 다닐 수 있는 시간은 고작 10년 남짓이리라.

"정했어?"

한 달 동안 추수한 것 중 물물교환을 할 만한 작물을 짐칸에 실은 그가 조수석에 올라타며 물었다.

"대충. 너는?"

"난 백순두부탕."

"……."

"……왜 웃어? 혹시, 너도?"

"맞아, 난 가자미튀김."

"부추무침이랑 같이 먹어야겠네."

"역시."

"척하면 착이지. 구매 리스트 다 나왔군."

그런 대화를 나누는 동안 나는 차에 시동을 걸었고 그는 차 창을 열었다. 백순두부탕과 가자미튀김은 우리가 이천 집에서 처음으로 함께 요리해 먹은 음식이었다.

공항에서 그는 항공기 정비사였고 나는 출국장의 보안 검색 요원이었다. 취업과 결혼, 모든 면에서 모범적인 트랙을 밟아 온 삼십대 중반의 남자와 아르바이트를 전전하다가 난생처음

취업을 하게 된 이십대 후반의 남자, 그렇게 젊었던 두 남자, 우리 인생에도 오십대가 있으리란 것에 무지했고 무지해도 되었던 시절……. 그가 8년 차 엔지니어이고 내가 3년 차 검색 요원일 때, 공항에는 대대적인 감원 바람이 불었다. 대재앙이 선포되기 5년 전이었다.

주기적으로 유행하는 바이러스 탓에 공항은 사실 다른 직장보다 부침이 컸고 침체기 때면 직원 구조조정이 당연한 수순처럼 따라오곤 했으므로 이미 최소한의 인력으로 운영되던 중이었다. 그런데 그해의 양상은 달랐다. 그해 공항은 희망이 제로에 수렴된 셧다운 상태나 다름없었고 그나마 남아 있던 공항과 항공사 소속의 직원들은 한꺼번에 해고됐다. 해고 반대 시위가 시작됐고, 나는 대안이 없다는 걸 알면서도 달리 할 일이 없었기 때문에 시위대 속에 서서 구호를 외치고 노래를 불렀다. 패배가 확정되었는데도 마지막 라운드에 올라야 하는 복싱선수가 된 기분이었다. 그곳에서 그를 만났다. 어느 날 그가 내 곁에 서서 같은 노래를 부르고 같은 구호를 외쳤는데, 어딘가 낯이 익은 그 얼굴을 흘끗흘끗 바라보느라 나는 도무지 정신을 차릴 수가 없었다. 나중에야, 그러니까 우리가 사적으로 가까워진 무렵에야 그를 처음 보았던 날이 떠올랐는데 놀랍게도 그 역시 그날의 맥도날드를 기억하고 있었다. 심지어 그는 그날 내가 입고 있던 옷 색깔과 먹었던 햄버거 종류를 읊어대기도 했다.

시위는 효과 없이 끝났지만, 시위 덕분에 연인이 된 우리는 5년 뒤 한국을 포함한 여러 나라들이 실내 타운 프로젝트를 실행할 무렵 함께 이천으로 내려왔다. 이천은 그가 어린 시절 잠깐 살았던 곳이라고 했다. 이천에서는 일부러 주변에 인가가 거의 없는 빈집에 자리를 잡았고 농사를 지으며 일리를 키웠다. 사랑을 나눈 밤과 나누지 못한 채 지나간 밤들……. 정착 초기엔 둘 다 농사에 서툰 데다 일 년 중 절반이 끔찍한 더위와 태풍과 홍수의 지배 아래 있었으므로 흉작이 반복됐고, 우리 둘 다 영양실조와 기원을 알 수 없는 전염병으로 고통받기도 했다. 물론 우리만 배고프거나 병에 걸렸던 건 아니다. 계절이 바뀔 때마다 산이나 강가 쪽으로 나가면 나뭇잎에 대충 덮여 있거나 물에 불은 시체들을 자주 목격할 수 있었다. 버려진 개들이 들개가 되고 사람들은 그 개들을 사냥하고, 개들은 다시 사람들을 공격하거나 시체 주변을 어슬렁거리던 슬프도록 기이한 나날이었다. 서로의 농작물을 차지하기 위해 약탈과 살인, 방화 같은 사건이 심심찮게 일어나던 시기이기도 했다. 시간이 흐르면서 우리를 배곯게 할 만큼의 흉작은 다시 오지 않았지만 그렇다고 풍요로운 식탁이 보장된 건 아니었다. 시체를 목격하는 빈도는 확연히 줄어든 대신 아이들의 웃음소리도 그만큼 사라져갔다. 분쟁도 잦아들었는데, 저마다 자신의 입 하나를 책임지는 게 너무도 절박해서였을 것이다. 이곳에선 한 명 한 명이 국가이자 난민이고 공평하게 가난하니까. 최악은 지나갔다는 안도와 곧 진짜 최악이 오리라는 불길한 예감 사이에 이 세계는 존재하는지도 몰랐다.

돌아가야 할 것 같아.

그가 그 말을 꺼냈던 넉 달 전, 식사를 끝내고 침대에 오른 나는 등을 맞댄 채 누운 그에게 꼭 돌아가야겠느냐고 물었다.

"……딸은 살리고 봐야지."

긴 침묵 끝에서 그가 말했다.

127

"어떻게? 살릴 방법이 있어?"

"뇌종양이래. 거기도 병원이 예전 같지 않고 약 하나 구하기도 쉽지 않다니까 살릴 수 있는지 없는지는 나도 몰라. 그래도 곁에서 뭐라도 하면서 먹고 싶은 건 먹게 해줘야지."

"……."

"그래야 하지 않겠어?"

"……그래, 그래야겠네."

그의 딸은 어느새 성년을 지났을 것이다. 17년 동안 실내 타운 안에서 그 애도 외롭게 절망한 순간이 많았을 테고, 늘 그랬듯 암세포는 인간이 연약해지는 순간을 놓치지 않았을 거였다. 생명보다 앞서는 것은 없으니 나는 그의 선택을 이해했다. 아니, 이해해야 했다. 만약 그가 딸의 투병 소식을 무시했거나 내게 알리지 않았다면 나는 분명 실망했을 것이고, 그 실망감을 가눌 수 없어 내가 먼저 그를 떠나버렸을지도 모른다. 그러나 그 밤, 나는 그에게 묻고 싶었다. 그럼, 난?

나는 이제 어떻게 살아? 이런 세상에 나만 혼자 남겨두고 떠나버리면 그만이라는 거야? 나는 어떻게 돼도 상관없는 거냐고! 어?

어!

하고 싶은 말과 해서는 안 되는 말 사이에서 교차하던 우리의 숨결…….

오늘 장터는 물건이 많은 편이었다.

순두부와 가자미뿐 아니라 와인 한 병도 구할 수 있었고, 우리가 재배한 쌀을 가자미와 교환해준 사람에게서 일리가 좋아할 만한 참치 머리도 덤으로 얻게 되었다. 요리에 필요한 밀가루와 설탕, 식용유 약간씩을 마저 구한 뒤 우리는 장터를 떠났다. 장터에서 집으로 가는 길엔 허물어진 상가 건물과 집과 벽이 한동안 이어지는 구역이 나오는데, 우리는 그 구역을 지날때면 차의 속도를 늦추곤 했다. 부지런한 몇몇 사람들이 그 폐허 더미에 색색의 스프레이로 낙서한 문구나 그림을 구경하는게 좋아서였다. 토대가 상부구조를 결정한다. 오늘은 그렇게쓰인 문구가 내 눈에 각인됐고 나는 그 문구에서 좀처럼 시선을 뗄 수 없었다. 열어놓은 차창으로 황토색 바람이 불어왔다. 우리가 달려가는 곳이 집이 아니라 다른 차원의 세상, 음악과 영화와 진짜 파티가 있는 곳이면 어떨까, 다시 그런 것을 누릴 수 있다면 남은 삶을 그럭저럭 견딜 수 있을까, 그런 생각에 잠긴 동안 우리는 어느새 집 앞에 도착해 있었다. 서쪽 하늘의 노을이 오늘따라 그을려 보였다. 무구하게 잔인한 자연의 일부였고, 신의 저속한 농담 같기도 했다. 나는 그가 내 이름을 부를 때까지 그 그을린 노을 앞에 우두커니 서 있었다.

*

백순두부탕은 내가, 가자미튀김은 그가 요리하기로 했다.

우리의 작은 주방은 이내 밥이 익어가고 탕이 끓고 밀가루를 묻힌 생선이 노릇노릇해지면서 뿜어내는 냄새와 소리로 요란해졌다. 주방에 있는 거라곤 휴대용 가스버너—버너에 쓰이는 부탄가스는 장터에서도 종종 품절되곤 했으므로 최대한 아껴 써야 했다—와 모서리가 깨진 그릇들, 녹슨 숟가락과 짝이 맞지 않는 젓가락, 통조림 캔을 벼려 만든 칼 같은 게 전부였지만 그 하나하나를 구비하는 데는 오랜 시간이 걸렸다. 먼저 요리를 마친 그가 아주 오래전 캠핑장에서 주워온 길쭉한 천 의자에 앉자 일리가 그의 무릎 위로 냉큼 올라갔다. 그는 두 손으로 일리의 털을 정성스럽게 쓰다듬으며 어느새 어둠에 잠식된 창 너머를 건너다봤다. 내 쪽에서는 그의 얼굴이 보이지 않았지만 그 시선이 닿는 가상의 풍경은 짐작할 수 있었다. 우리에게 허락된 가장 먼 미래, 그때 우리의 모습을 그는 상상하고 있을 것이다, 내가 지금 그렇듯. 그때가 오면 우리가 다시 만날 수 있을까. 설혹 다시 만난다 해도, 만나기 전까지 보고 싶고 감각하고 싶고 사랑을 나누고 싶었던 순간들은 욕망 상태로만 머물다가 사라진 후일 테니, 그 미래의 만남은 지나간 시간의 절박함을 보상해줄 수는 없을 터였다.

그를 원망할 밤과 원망은 까맣게 잊은 채 그저 그리워하게 될 수많은 밤들……

우리는 곧 조명을 끄고 각자의 헤드 랜턴을 쓴 채 식탁에 마주 앉았다. 우리가 갖고 있는 작은 크기의 태양광 패널은 저장 기능이 고장 났으므로 태양이 지는 시간부터는 전기를 쓰는 게 불가능한 데다 여전히 간간이 출몰하는 강도들에게

인가가 있다는 걸 드러내지 않기 위해서는 이 정도 불편은 감수해야 했다.

밥과 탕, 가자미튀김은 충분히 따뜻해서 혀와 목과 속이 모두 편했다. 식탁 아래 일리도 살짝 익힌 참치 머리를 오랜만에 맛있게 먹어주었고 우리는 한 번씩 그런 일리를 흐뭇한 얼굴로 내려다봤다.

행복하지 않았어.

17년 전 그가 아내와 딸 대신 날 선택하겠다고 했을 때, 나는 그에게 이유를 물을 수밖에 없었다. 그는 미취학 자녀가 있어 실내 타운 입주 대상자였다. 가족과 함께 실내 타운에 들어간다면 적어도 생존은 보장될 텐데, 더욱이 딸애를 그렇게나 애틋이 여기면서, 타운 입주권을 구할 수도 없던 나와 함께 어떤 참혹한 풍경이 펼쳐질지 모를 타운 밖에 남겠다는 그의 말이 나로서는 단박에 납득되지 않았던 것이다. 가을밤이었고, 우리는 한적한 공원의 나무 아래 벤치에 앉아 있었다. 그때 그가 내놓은 대답이 그랬다. 행복하지 않았다고, 행복하지 않았는데 그 상태도 모른 채 꾸역꾸역 살아왔다고, 이런 세상이 되고 보니 하루라도 떳떳하게 행복해지고 싶다고……. 그때 공원 뒤편에서 폭죽이 터지더니 일군의 사람들이 발악하듯 큰 소리로 웃어대기 시작했다. 웃음소리의 결이 여리게 경쾌해서 십대 아이들로 짐작됐는데, 아이들은 절망을 비웃는 것 같기도 했고 억눌린 분노를 웃음으로 표출하는 것 같기도 했다. 바짝 마른 나뭇잎이 순간 우수수 떨어졌고 어디에서 시작된 건지 가늠할 수 없는 사이렌 소리는 거인의 통곡처럼 길게 이어졌다. 부서지는 세상 한구석에서, 낡은 벤치와 나뭇잎이 마련해준 작은 은신처에서, 우리는 오래오래 입을 맞추었다.

그가 드디어 오늘의 하이라이트인 와인을 꺼냈다. 유리잔은 없었지만 대신 플라스틱 통으로 만든 컵이 투명해서 와인을 따르기엔 적당했다. 우리는 틈틈이 빈집과 빈 상점, 폐쇄된 휴양지를 돌며 쓸 만한 물건들을 주워오곤 했는데, 유리잔처럼 생명력이 짧은 물건은 결국 구하지 못했다. 펜과 깨끗한 종이, 새로 출간된 책, 아스피린과 소화제, 담배와 콜라와 얼음, 고양이 사료와 간식, 스킨과 셰이빙 크림, 생일 케이크, 이제는 아예 구할 수 없거나 운이 좋아야 가까스로 구할 수 있는 사치품 목

록은 끝이 없었다.

"……할까?"

와인이 반 정도 줄었을 때 그가 물었다. 나는 풋, 웃음을 터뜨렸고 그도 머쓱하다는 듯 나를 따라 웃었다. 우리는 누가 먼저랄 것도 없이 곧 의자에서 일어나 너저분한 식탁을 그대로 둔 채 서둘러 방으로 들어갔다. 서로의 옷을 벗겨주었고 각자의 헤드 랜턴은 바닥에 내려놓았다.

이상하다는 생각을 하곤 했다.

연인으로 살았던 지난 세월 동안 우리가 연인이 아니었던 날은 하루도 없었지만 서로를 욕망하는 정도는 모든 날이 달랐다. 우리의 머리칼이 새고 근육과 관절은 약해지던 그 어느 날부터는 이렇게 가만히 서로를 안고 있는 것으로 이미 사랑을 나눈 것만 같았고, 나는 진심으로 만족했다. 젊은 시절엔 결코 납득하지 못했을 안온한 결여였다.

"미안, 오늘은 힘이 날 줄 알았는데."

그가 뒤에서 낮게 속삭였다. 그의 훈김이 내 살결로 스며들어 피와 뼈와 장기마저 보듬는 느낌이었다. 나는 몸을 돌려 그

135

를 마주 봤고 괜찮다는 의미로 그의 가슴에 얼굴을 묻었다.

"이봐."

침울한 목소리였다.

"만약에, 만약에 말이야."

"……."

"만약 너한테 혹시라도 중대한 변화가 생기면……."

"……."

"그럼, 소식을 전해주겠다고 말해줄래?"

"……."

"……."

"소식을 전했는데 아무런 연락이 없으면?"

한참 후에야 나는 온기 없는 목소리로 되물었다.

"잊었어? 우리는 이제 오십대야. 이 망할 세상은 언제 더 망해버릴지 모르고. 그러니까……."

"……."

"그러니까, 난 무섭다고. 내가 타전한 곳이 완전한 공백일까봐. 나 혼자 그런 상황을 견딜 수 있을 거라고 생각하는 거야?"

그래도, 라고 대꾸하며 그가 내 어깨를 더 세게 안았다.

"그래도⋯⋯."

"⋯⋯."

"그래도 시도해줘."

"⋯⋯."

"⋯⋯부탁할게."

"⋯⋯."

몇 년, 혹은 몇십 년이 지난 어느 날, 내 몸의 심상치 않은 변화를 감지하며 그에게 소식을 전할지 말지 고민하게 될 그 순간에 나는 오늘을 후회하며 떠올릴 것인가, 아니면 깊이 안도하며 되새기게 될 것인가. 알 수 없었다. 아무것도 알 수 없었으므로 나는 그에게 확답하지 않았고, 대신 행복했다고, 함께하는 동안 하루도 빠짐없이 행복했다고 대꾸했다. 그가 웃었다. 아니, 거의 웃는 듯했다. 나는 그가 어떤 감정 상태로 우는 듯 웃는 건지 이해할 수 있었다. 웃고 싶고 울고 싶은 마음이 한데 섞일 수도 있는 거니까, 하나의 마음으로만 한 사람을 겪지는 않을 테니.

"나도……."

그가 그렇게 대답한 순간, 충분하다고, 충분한 이별이라고 나는 생각했다.

*

동틀 무렵, 등 뒤로 부스럭거리는 소리가 들려왔다. 침대에서 내려가 옷을 입고 가방에 옷과 소지품을 담는 그의 동작이 소리로 그려지고 있었다. 그를 배웅할 자신은 없었다. 건강과 행복을 빈다든지 살아 있는 동안 또 보자는 말 같은 건 끔찍했다. 우리의 지난 세월이 그런 얄팍하고 형식적인 말들로 정리되는 걸 용납할 수 없었다. 떠날 준비가 끝났는지 모든 소리가 돌연 뚝 끊겼을 때, 내 앞에 우두커니 선 그의 정지된 몸이 느껴졌다. 내가 깨어 있는 걸 모를 리 없을 텐데도 그는 내게 말을 걸지는 않았다. 찰나 같기도 하고 영원 같기도 한 시간이 흐른 뒤 그는 돌아섰고, 저벅저벅 문 쪽을 향해 걸어갔다.

나 대신 일리가 그를 문까지 배웅해주었다.

문이 열렸다가 닫히는 소리를 들은 뒤에야 나는 침대에서 벌떡 일어나 한걸음에 창가로 갔다. 아직 어스름이 남은 길에서 그의 몸체는 조금씩 작아졌고, 나는 그가 시야에서 완전히 사라질 때까지 꼼짝도 하지 않았다.

어느새 내가 있는 곳은 익숙한 그 거리였다.

그 거리에서 유일하게 불이 켜진 맥도날드 앞으로 나는 걸어갔고, 그는 과거의 어느 날처럼 지친 얼굴로 형광등 조명 아래 앉아 있었다.

그를 처음 보았던 그날, 그는 사람들과 사람들의 여행 가방으로 북적이는 공항 맥도날드에서 테이블 하나를 차지한 채 세상의 시간에는 관심 없다는 듯 느긋이 햄버거를 먹고 있었다. 아직 우리가 서로를 몰랐던 때였는데도 나는 그가 외로운 사람이라는 걸 단박에 알아차렸고, 그야말로 규정할 수 없는 에너지에 이끌려 주저 없이 맥도날드 안으로 들어갔다. 주문을 마친 뒤, 나는 그의 테이블과 대각선 자리에 앉아 그를 흘끗거리며 내 몫의 햄버거를 베어 먹었다. 그날 그에게 강렬한 호감을 느꼈으면서도 말 한마디 걸지 않았던 건, 마침 만삭의 여성이 화장실에 다녀온 듯 젖은 손바닥을 휴지로 닦으며 그의 맞은편 자리에 앉아서였다. 나는 내가 오해를 했다고 생각했고 그 상황이 머쓱하기만 해서 남은 햄버거를 입안에 욱여넣은 뒤 곧바로 맥도날드에서 나왔다. 평소보다 이르게 퇴근한 날이었으므로 바로 귀가하고 싶지는 않았다. 어디로 가지, 혼잣말로 중얼거리며 주위를 두리번거리는데 쇼윈도 안쪽에서 물끄러미 나를 바라보는 그와 시선이 마주쳤다. 맥도날드에서 상대를 주의 깊게 바라본 건 나만이 아니었던 셈이다. 그러나 그날, 우리가 할 수 있는 일은 더 이상 없었다.

맥도날드의 조명은 어느새 희미해져 있었다. 나는 그날처럼 맥도날드를 등진 채 걷기 시작했고, 걸으면서 우리가 다시 만날 수도 있는 미래의 어느 날을 상상했다.

잘 지냈느냐고, 잘 지냈다고, 아프지는 않냐고, 정말 아픈 데가 없는 거냐고, 부쩍 늙어버린 우리는 서로의 얼굴을 매만지며 그렇게 안부를 나눈다. 한 사람이 웃으면 다른 한 사람도 웃고, 웃던 그 사람이 문득 울먹이면 남은 사람도 함께 울먹이는 그런 날……

거리에 어둠이 내리고 있었다. 순간 마음이 조급해져 나는 잰걸음으로 시계탑 앞으로 걸어갔다. 시계탑의 실루엣은 희미해져 있었지만 시침과 분침은 느리게나마 움직이는 중이었다. 뜻밖에도, 시계는 멈추지 않았다. 거리는 완벽하게 암전되지 않았고 지워지지도 않았다. 파티는 끝났지만 대신 또 다른 파티가 시작된 것이다, 이별 후에도 사랑은 가능할 테니까.

나는 다시 걸었다.

언제까지라도 나는 그의 거리를 걸을 수 있을 것만 같았다.

---

* 『언니밖에 없네』(큐큐, 2020)에 수록된 작품으로 김현 시인의 동명의 시 「가장 큰 행복」(『호시절』, 창비, 2020)에서 영감을 받았습니다.

귀환

2062년 9월 15일.

단 하나를 제외하고 모든 것을 잃었다.

이제 나, 채은정은 유일하게 남은 그것, 내 목숨마저 잃을지 모르는 그곳으로 가려 한다.

오로지 수호를 만나기 위해.

누군가 이 메모리 패드를 발견한다면 수호에게 꼭 전해주길, 이 문장과 내 마음을, 부디…….

그런 날이 오기만 한다면.

*

인기척에 은정은 재빨리 메모리 패드를 껐다. 앨리는 이동용 선반을 뒤에서 밀면서, 사무엘은 자동 휠체어에 몸을 실은 채 조종실 안으로 들어오고 있었다.

"마음의 준비는 됐어?"

"컨디션은 좋아요?"

은정 곁으로 온 앨리와 사무엘이 차례로 물었고 은정은 눈웃음을 지으며 고개를 끄덕이는 것으로 대답을 대신했다. 세 사람은 이내 조종실 전망창 너머, 지구가 정면에 있는 우주 한 조각을 가만히 마주 보았다. 오늘이었다. 오늘, 은정은 앨리가 이동 선반에 실어온 우주복과 장비를 착용한 뒤 지구로 향하는 귀환선에 몸을 실을 예정이었다. 16년 동안 방치되어 있었으니 우주복이며 산소 공급기, 낙하산의 성능을 장담할 수 없었지만 지금으로선 사전 테스트는 불가능했다. 좁은 우주선 안에서는 시험비행을 할 수 없었고 은정보다 귀환선 조종에 더 숙련된 승무원은 이곳에 남아 있지 않았다.

"귀환선에서 최대한 오래 버텨야 해."

"낙하산을 이용한다면 고도계를 잘 살핀 뒤 지상 1.2킬로미터 정도에서 펼쳐야 한다는 거, 잊지 말고요. 서두르면 절대 안

돼요."

각자의 당부를 담은 앨리와 사무엘이 건네는 목소리는 다행히 그리 어둡지 않았다.

지구로 간다…….

은정은 속으로 중얼거렸고 그 순간 그 문장에 내포된 가능성 높은 죽음의 방식이 새삼 하나하나 환기됐다.

일단 캡슐 모양의 귀환선이 문제였다. 본선에서 발사되자마자 오작동이 일어난다면 은정은 광활한 우주 어딘가에서 산소 공급기의 게이지가 제로가 될 때까지 천천히, 그리고 고독하게 죽어가게 될 터였다. 귀환선에서 탈출한다 해도 안전한 건 없었다. 우주공간에서든 지구 대기권에 진입해서든 위험 요소는 많았다. 비행 도중 우주복에 작은 틈새라도 벌어진다면 갑작스러운 감압減壓 상황에 노출된 은정의 몸은 그야말로 무지막지한 고통 속으로 빠져들 것이다. 내장이 파열되고 피가 기포를 일으키며 끓어오르는, 인간의 상상력으로는 가닿지 않는 고통……. 그나마 다행인 건 그 상태에선 10초 안에 죽게 된다는 것뿐이었다. 낙하산이 제대로 작동을 하지 않거나 산소 공급기가 우주복에서 분리될 가능성도 있었는데, 그 역시 죽음으로 귀결되는 치명적인 변수들이었다. 기적적인 행운으로 그 모든 위험을 피해 간다 해도 착륙한 곳이 사막이나 밀림, 혹은 설산이나 바다 한가운데라면―귀환선과 소통하며 방향을 잡아줄 지구 관제실의 신호가 끊겨 있으니 아무리 귀환선의 목적지를 서울로 정해놓았다 해도 그 정확도는 장담할 수 없었다―은정은 살아남기 힘들 것이다. 우주선의 방향 조정장치 고장으로 우주를 떠도는 동안 블록 형태의 영양소 덩어리만을 섭취하며 최소한의 에너지만 써온 탓에 체력이 바닥나 있는 데다, 뼈를 고정해주는 바이오 슈트를 피부처럼 착용해왔으니 당연히 근육의 양이나 운동신경은 최악이었다. 게다가 이제 은정은 지구 나이로 쉰네 살이었다. 우주선 안에서도 세월은 흘렀으니까, 어디나 그렇듯 모두에게 공평하게. 앨리는 지난달에 일흔살 생일을 맞았고 지구를 떠나올 때 우주선에서 유일한 이십대였던 사무엘도 어느새 마흔세 살의 중년이 되어 있었다. 그래도 이렇게나마 살아 있다는 것을 행운이라 불러야 할까, 생각한 순간 은정은 바로 슬퍼졌다. 늘 그랬다. 그 질문은 늘 은정을 헷갈리게 했고 그 헷갈림은 금세 슬픔으로 변성되곤 했다. 지난 16년 동안 우주선에서는 열두 번의 우주장宇宙葬이 치러졌다. 승무원들의 사인은 대부분 질병과 노환이었지만 간혹 극심한 우울증에 시달리다가 스스로 죽음을 선택한 경우도 있었다. 시신을 얇은 천에 싸서 우주로 내보내고 나면 은정의 마음속에선 뜻밖에도 질투가 일렁이곤 했다. 적어도 그들은 불안도 외로움도 없는 곳으로 갈 테니까. 향수병과 휘몰아치는 그리움, 안정된 중력이 작동하는 단단한 땅과 따뜻한 음식에 대한 갈망을 몰라도 되는 곳으로……

"귀환선이 서울에는 못 가도 날씨가 따뜻한 땅에는 착륙해야 할 텐데. 하긴, 중요한 건 사람이지. 사람, 그것도 좋은 사람들을 만나야 아들을 찾든지 할 테니."

앨리가 희미한 한숨과 함께 그렇게 말하자 사무엘이 응원만 하기로 해놓고 웬 걱정이냐며 못마땅하다는 말투로 대꾸했다. 창백한데, 더 이상 창백할 수 없을 만큼 창백한 얼굴인데도 사무엘은 있는 힘을 다해 웃고 있었다. 그는 적어도 3년 전부터 혈액암에 걸린 상태였는데 암이 어디까지 진전된 건지는 혈액 검사기로 파악할 수 없었다. 물론 병의 정도를 안다 해도 이곳에서 할 수 있는 조치는 없었다. 사무엘은 곧 저 자동 휠체어마저 제 힘으로 타고 다니지 못할 것이고 어느 날부터인가는 침대에서 아예 몸을 일으키지도 못하게 될 터였다. 귀환 여부를 결정할 무렵 은정을 가장 주저하게 했던 것도 사무엘의 건강이었다.

"그나저나 대체 지구에는 무슨 일이 생긴 거야. 관제실 신호는 꺼져 있지 않나, 우주정거장이니 인공위성은 지키는 사람 한 명 없이 고물이 되어 있지 않나. 16년 동안 죽을 고생을 하다 가까스로 지구를 찾아온 우리한테 너무한 거 아니냐고!"

또다시 앨리의 울분에 가까운 푸념이 시작됐다. 정말이지 16년 동안 저곳에서는 무슨 일이 생긴 것일까. 빙하의 양과 섬의 수가 줄고 대기질의 선명도가 떨어졌다는 건 망원경으로 확인할 수 있었지만 그뿐, 지구로부터 380킬로미터 떨어진 이곳 우주선에서 지구의 구체적인 상황을 정확히 파악하는 건 불가능했다. 지구로 보냈던 탐사 로봇—우주선에 남아 있던 마지막 탐사 로봇이었다—은 지구의 온도가 16년 전보다

2.1도 상승했고 대기 중 방사능 수치는 열 배 가까이 증가했다는 것을 알린 뒤 더 이상의 정보를 보내오지 않고 있었다. 로봇이 노후해서 고장난 거라고 예측하면서도 로봇조차 견딜 수 없을 만큼 환경이 나빠져서는 아닌지, 절망적인 의심이 들기도 했다. 희망이 하나 있다면 간혹 조명을 밝힌 곳이 보인다는 것 정도였다. 누군가 살아 있어서 저 조명을 밝혔을 테니까. 조명 주위에는 구체적으로 살아가는 사람들이 분명 존재할 테니까. 물론 그 생존자 중에 수호가 포함되어 있는지, 살아 있다면 그 애를 어떻게 만날 수 있을지 은정은 알지 못했다. 심지어 스물네 살의 성인이 된 수호의 얼굴을 한눈에 알아볼 자신도 없었다.

*

은정이 아이를 낳기로 결심한 건 서른 살이 되던 해였다. 이혼 뒤 각자 재혼하면서 연락이 끊긴 부모와 정반대로 살고 싶다는 사춘기 때부터의 바람은 조건 없는 애정과 절대적인 보호가 실현되는 가족에 대한 선망으로 이어졌다. 돌이켜보면 흡사 종교 같던 선망이었다. 그 선망은 더 이상 외롭기 싫다는 연약한 마음과 결합하면서 삶에 대한 의지를 맹렬하게 북돋기도 했다. 은정은 연애나 결혼이 아닌 정자 기증을 통해 아이를 가졌는데, 다행히 수정란은 무사히 안착했고 분만도 순조로웠다. 우량아로 태어난 수호는 아무 문제없이 성장해갔다. 적어도 그 일이 일어나기 전까지는.

교통사고였다.

어린이집 미니버스가 전복하면서 탑승해 있던 아홉 명의 아이들이 크고 작은 부상을 당했는데, 머리를 다친 수호는 그중에서도 가장 상태가 좋지 않았다. 담당의는 두 개의 옵션을 제시했다. 수호가 깨어나는 기적을 하염없이 기다리든지, 아니면 수호의 손상된 뇌 부위에 칩을 이식해서 이전의 기억을 모두 지운 채 새롭게 태어나게 하든지. 어떤 선택을 하든 그 선택 뒤에 남겨질 수호를 지켜보는 건 괴로울 터였지만, 그때 은정에게는 수호를 깨어나게 하는 것만큼 중요한 건 없었다. 은정은 수술을 선택했다.

그러나 수호를 살렸다는 것에 만족할 수 있는 기간은 일 년이 최대치였다. 일 년 동안 수호는 인공지능이 프로그래밍된 칩 덕분에 단기간에 언어를 습득했고 학습 능력을 되찾긴 했지만, 또래 무리 속에 섞이는 것을 그리 좋아하지 않는 내성적인 아이로 변해갔다. 점점 말이 없어졌고 은정이 불러도 인식하지 못할 만큼 다른 생각에 빠져 있기도 했다. 사고 전 수호는 호기심이 왕성했고 에너지가 넘쳤으며 표정이 풍부했다. 은정은 수호가 맥락 없이 웃음을 터뜨리거나 온 힘을 다해 얼굴을 찡그리며 떼를 쓰던 순간들이 미치도록 그리워지곤 했다.

그러나…….

그러나, 그날이 아니었다면 은정은 우주선 탑승을 고려해보지도 않았을 것이다. 수호를 보살피기 위해 연구소에 휴직계를 내고 집에만 머물 때였는데, 저녁거리를 사러 마트에 갔다가 귀가한 은정은 거실 창가에서 뚫어지게 손거울을 들여다보는 수호의 모습을 목격하게 됐다. 수호는 거울에 비치는 제 모습에 완전히 몰두했는지 은정이 집으로 들어왔다는 것도 눈치채지 못했다. 잠시라도 한눈을 팔면 거울 속으로 빨려 들어갈 것만 같은 수호를 건너다보던 은정은 어느 순간 깨달았다, 과거의 기억을 잃고 그야말로 리셋되어 깨어난 수호의 혼란을 그때껏 진심을 다해 이해한 적 없다는 것을. 자신이 누구이고 왜 이곳에 있는지 수호는 알지 못했을 것이다. 곁에 있는 중년의 여성이 엄마라고 하니 엄마라고 믿었고 침대는 침대이고 의자는 의자이며 컵은 컵이라고 부르는 걸 열심히 따라서 발음하며 익혀왔을 뿐…….

그날 저녁, 은정은 두 장의 지원서를 작성했다. 수호와 비슷한 처지의 아이들이 기숙사 생활을 하며 수업도 들을 수 있는 교육기관의 입학 지원서, 그리고 화성으로 떠나는 우주선의 승무원 모집 지원서였다. 천체물리학 쪽에서 독보적인 연구 실적을 쌓아가던 은정은 우주여행을 상용화하기 위한 유인우주선 프로젝트 초창기 때부터 승무원 제안을 받아오긴 했었다. 그 프로젝트가 가능했던 건 우주 에너지를 이용한 엔진―이 엔진으로 우주선은 기존보다 세 배 이상 빨라졌다―과 인간의 몸에 최대한 무리를 주지 않는 인공중력을 우주선에 장착할 수 있는 기술이 개발된 덕분이었다. 프로젝트가 성공하면 안전한 우주선 안에서 지구와 화성뿐 아니라 두 행성 사이의 소행성들과 화성의 위성들까지 육안으로 직접 볼 수 있는 여행 상품이 완성될 터였다. 프로젝트 기간은 3개월이었다.

프로젝트에 참여하기 전까지 6개월 동안 은정은 혹독한 체력 훈련을 받았고, 그사이에 입학허가를 받은 수호는 집을 떠나게 되었다. 2046년, 그해 수호는 여덟 살이었고 은정은 서른여덟 살이었다.

비슷한 아이들과 있으면 정체성 혼란이 그나마 빨리 안정될 거라 판단했을 뿐이라고, 3개월 후에 다시 만나 수호와 우주 이야기를 하며 웃고 싶었다고, 3개월의 60배가 넘는 긴 세월 동안 우주를 떠돌며 은정은 수호 곁을 떠나온 이유를 그렇게 되새기곤 했지만 그것이 전부가 아니란 것 역시 누구보다 잘 알고 있었다. 그런 날이 올까 봐, 그러니까 수호가 태어나지 않았다면 좋았을 거라고, 그랬다면 사고를 당할 일도, 세상을 새롭게 배워야 하는 일도 없었을 거라고 생각하는 날이 올까 봐 은정은 두려웠다. 그토록 닮기 싫었던 부모처럼 은정도 아이에게서 도망친 셈이다. 그러나 도망쳤던 스스로를 인정하는 것보다 더 괴로웠던 건 수호가 16년째 엄마에게서 버려졌다고 믿는 가정이었다. 귀환을 결정한 건 그 오해를 풀어주기 위해서였다. 온몸이 으스러지도록 그 애를 한번 안아준 뒤 늦어서 미안하다고 말해주고 싶었다. 그걸로, 충분했다.

목숨을 걸어도 좋을 만큼…….

*

"이제 우주복을 입어볼까."

앨리가 이동 선반에 놓여 있던 우주복을 펼치며 말했다. 바이오 슈트를 벗은 뒤 우주복이 매끄럽게 몸에 밀착되도록 몸을 숙이자 너무 말랐네, 이렇게 말라서 어떡해, 앨리가 긴 한숨과 함께 중얼거렸다. 장갑과 헬멧과 장화를 착용하고 압력 조절 장치와 산소 공급기, 고도계와 낙하산을 우주복 위에 부착하는 일엔 사무엘도 손을 보탰다. 사무엘은 은정이 지구로의 귀환을 결정했던 두 달 전부터 귀환선 내부를 묵묵히 점검해오기도 했다. 앨리와 사무엘이 살아 있을 때 은정의 귀환이 가

능하다는 것을, 잔인하게도 세 사람 모두 알고 있었다. 우주복을 입는 것부터 귀환선 조종까지, 어느 것 하나 은정 혼자 해낼 수 없었다. 더욱이 앨리와 사무엘 중에서 한 명이라도 먼저 죽는다면 은정은 그 한 사람을 두고 차마 우주선을 떠나지 못했을 것이다.

"다 됐다."

모든 준비를 마친 은정을 이리저리 살펴보던 앨리가 흐뭇한 목소리로 말했다.

"귀환선은 대기해놓았어요."

"고마워, 사무엘."

"은정, 지구에 도착해서 항공우주국 녀석들 만나면 왕복선 보내달라고 재촉하는 거, 잊지 마. 노인과 병자가 탈 거니까 아주 크고 편안한 왕복선이어야 해. 그전에 대체 일을 어떻게 하는 거냐고 한바탕 난리도 좀 피우고, 알지?"

앨리가 장난스럽게 끼어들자 사무엘이 주먹 쥔 손을 내보였고, 은정은 웃었다.

웃었고, 이별의 시간이 다가왔음을 느꼈다.

귀환선이 마련된 발사대로 이동한 세 사람은 마치 약속이라도 한 듯 서로를 부둥켜안았다. 은정이 앨리와 사무엘에게 함께 지구로 가자고 제안했을 때 나이가 많아서, 병이 들어서, 그렇게 이유를 대며 거절했던 그날부터 머릿속으로 수없이 시뮬레이션해온 장면인데도 이제 다시는 서로를 못 볼지도 모른다는 고통은 또다시 은정의 마음을 아프게 했다. 두 사람과 친구가 된 건 내 삶의 가장 큰 영광이었어요. 무사히만 도착해. 오래 살아줘요, 데리러 올 때까지. 그렇게 말 안 해도, 은정, 우리는 기다릴 거예요. 사실 기다리는 것 외엔 할 일도 없고요. 그래, 기다려줘, 제발. 울면서, 우는 듯 웃으면서, 세 사람은 그렇게 대화를 이어갔다. 절대로 울지 않으려 했는데, 등을 보이는 자가 먼저 슬퍼하는 것은 예의가 아니라고 생각해왔는데도, 결국 은정은 두 손으로 얼굴을 가린 채 흐느꼈다.

"우리는 다시 만날 거야. 난 믿어."

앨리가 은정의 뺨을 어루만지며 말했다. 언젠가 우리가 모두 죽는다면, 그래서 시신이 분해되어 입자가 된다면, 그 입자의 형태로 지구의 산토리니 해변에서 만나자고 했던 말이 떠올랐다. 은정은 앨리의 손바닥에 빰을 부비며 일광욕과 물장구와 투명한 유리그릇에 담긴 과일을 상상했고, 그제야 마음을 다잡을 수 있었다.

은정은 곧 종 모양의 귀환선에 올랐다.

내부 시스템이 작동하면서 카운트다운 화면이 떴다. 은정은 유언이 담긴 메모리 패드를 무릎 위에 안전히 올려놓은 채 정면의 지구를 찬찬히 마주 보았다. 푸른빛 고향, 내 아들이 살고 있을지 모르는 작은 행성, 그리고 잠시 뒤 내가 죽음을 맞게 될 수도 있는 원형의 무덤…….

카운트다운 화면에 0이 뜬 순간, 은정은 주저 없이 발사 버튼을 눌렀다. 곧 뼈에서 근육이 분리되는 듯한 엄청난 속도감이 온몸을 휘감았고 은정은 그 충격의 파장에서 벗어나기 위해 목적지가 서울로 설정된 모니터를 두 눈이 아파올 만큼 뚫어지게 바라봤다.

마침내, 귀환이 시작됐다.

종언

자주 궁금했다.

내 머릿속에서 초침 소리가 들려올 때마다, 그러니까 칩이 들어 있는 뇌의 일부가 가상의 초침 소리를 내는 시한폭탄처럼 느껴질 때마다, 내가 인간인지 아니면 인간 비슷한 무엇에 불과한 건지 궁금해지곤 했다. 내 기억이 내가 경험한 것인지 확신할 수 없고 살아오면서 학습하고 몸에 익힌 지식과 기술은 칩의 정보처리 능력 덕분이라면, 대체 나는 누구란 말인가. 물론 나도 알고 있다. 절대적인 비교 대상이 사라져가는 이 망해버린 세상에서 인간으로 인정받는 건 별 의미가 없다는 걸, 숙명을 걸고 고민하여 대답을 얻는대도 그 대답이 남은 삶의 형태를 변형시키지 못하리란 것도. 나는 다만 죽을 때만큼은 온전한 인간이고 싶다. 칩이 제거된 상태로 살 수 있을 만큼만

살다가 깨끗한 정신으로 죽는 것, 내가 바라는 건 그게 전부다.

내가 여러 위험을 무릅쓰고 포항에 간 건 그래서였다.

*

포항에 칩 제거수술 경험자가 생존해 있다는 건 폐건물 옥상에 잠입한 사내에게서 들었다. 옥상 한쪽엔 내가 직접 자재를 구해와 설계하고 설치한 비닐 보호막과 공기필터, 수조가 겸비된 내 텃밭이 있었다. 반려견인 두부─두부는 작년에 내가 길에서 구조한 흰색 삽살개이다─덕분에 그를 잡을 수 있었지만 그가 텃밭에서 거둔 감자며 호박, 토마토를 다시 뺏어올 생각은 없었다. 내가 염려하는 건 소문뿐이었다. 이곳이 노출된다면 먹을 것이 필요한 사람들이 몰려올 테고 작물을 키워낼 만한 환경을 만들고 흙과 물을 찾아 헤맸던 지난 몇 년의 노력은 순식간에 물거품이 될 것이다. 더 큰 문제는 두부와 내 목숨도 위험해질 수 있다는 것이었다. 소문만 내지 않는다면 언제든 와서 작물을 거둬가도 된다고 말하자 사내는 그제야 마음이 놓였는지 박민수요, 말하며 방독면을 살짝 벗고는 악수를 청해왔다. 오십대 초반으로 보이는, 주름이 섬세한 남자였다. 채수호입니다, 대답하며 나 역시 방독면을 벗은 뒤 사내의 악수를 받았다. 사내는 오염이 덜 된 땅을 찾아 농사를 짓는 사람들이 늘고 있다는 건 알았지만 버려진 건물의 옥상에서도 농사가 가능한 줄 몰랐다며 희미하게 웃어 보였다. 나처럼 가족 없이 혼자 움직이는 사람은 산보다는 도시, 특히나 사람들의 시선에서 조금은 자유로운 건물 옥상이 훨씬 더 안전한 데다 흙과 물을 실어 나를 만큼 부지런하다면 옥상 텃밭이 불가능할 것도 없었다. 내가 그렇게 설명하자 사내는 내 텃밭을 다시 한번 유심히 건너다보았다.

그날 나는 사내와 함께 저녁을 먹었다. 전망이 좋아 식사할 때 가끔 이용하는 폐건물의 꼭대기 층에서였다. 누군가와 저녁 식탁을 공유해보는 건 2년 만이었다. 2년 전 겨울, 건물에 남아 있던 열 명 안팎의 사람들이 또다시 지진이 올지 모른다는 소문을 듣고 한꺼번에 이곳을 떠나면서 나는 혼자가 됐던 것이다. 그때 그들을 따라가지 않은 것에 후회는 없다. 이곳에 남은 덕에 두부를 만나게 됐고 텃밭 수확량도 점점 늘고 있으니까. 더욱이 이 건물 전체가 이제는 내 전용 공간이나 다름없었다. 1층 집들은 창고로, 내 원래 거주지인 703호는 침실로, 그리고 비상계단들은 두부와 나의 산책로로 이용했다.

감자와 호박, 옥수수로 만든 음식을 다 먹어갈 즈음, 나는 외과의사였습니다, 라고 사내가 밝혔다. 지병이 있거나 다친 부위가 있다면 알려달라고, 할 수 있는 범위에서 진료를 해주겠다고 덧붙여 말하기도 했다.

"아스피린도 몇 알 정도는 줄 수 있고요."

"두통이 심하긴 한데, 아스피린은 소용없어요."

"왜죠?"

"칩에 문제가 생긴 거니까요."

내가 손가락으로 머리를 톡톡 치며 대답하자, 사내가 금이 간 안경알을 추켜올린 뒤 내 얼굴을 물끄러미 바라봤다.

"하긴, 불과 10년 전까지만 해도 지능 높이는 칩 이식수술이 아주 흔했으니까요."

괜한 화제를 꺼냈다고 생각했는지 사내가 에둘러 말했다.

"저는 교통사고였어요."

"아, 그랬군요. 미안해요, 그쪽 사정을 알지도 못하고 말해서."

"괜찮아요. 근데……."

"……."

"근데, 10년이란 말이 오늘 따라 새삼스럽게 들리네요."

"……아, 그렇네요, 10년이군요."

사내와 나는 그쯤에서 입을 다문 채 각자의 접시만 내려다 봤다. 마치 10년에 걸친 몰락이 접시 안에서 파노라마처럼 펼쳐지기라도 한 듯…….

사실 그 10년 사이 지구 생명체의 대부분을 대멸종에 이르게 하는 결정적인 사건이 있었던 건 아니다. 세계대전 수준의 전쟁은 일어나지 않았고 영화에서 보았던 행성 충돌이나 외계인 침공도 없었다. 빙하와 동토가 녹으면서 그 안에 묻혀 있던 메탄이 분출되었고 그로 인해 지구의 에너지 순환이 가속화되었다는 게 계기라면 계기였다. 지구는 손쓸 수 없이 뜨거워졌다. 먼저 지상의 식물과 바다 속 해조류가 죽어갔고 그다음엔 식물과 해조류를 먹는 초식동물이, 그리고 그 이후엔 그 초식

동물을 사냥하는 육식동물과 인간이 멸종되거나 멸종 직전까지 내몰렸다. 그 와중에 세계 곳곳에서 여러 자연재해가 연이어 발생했는데, 특히나 납득할 수 없는 강도와 빈도로 발생한 지진은 인류 전체에 치명적이었다. 지진은 여러 기반 시설을 무너뜨렸고 그중엔 원자력발전소도 있었으니까. 옥소니 세슘, 플루토늄이니 하는 방사능물질이 공기와 물과 땅으로 스미면서 종언의 시대는 그렇듯 거짓말처럼 열리고 말았다.

"실은 친구 중에 수호 씨가 받았던 그 수술을 여러 번 집도한 뇌 전문의가 있어요. 그런데 좀 멀리 있는 데다 당연히 생사도 몰라요. 그래도 한번, 가보시겠어요?"

침묵 끝에서 사내가 물었다. 이번엔 내가 사내를 물끄러미 바라봤다. 내게는 고민할 여지가 없는 제안이란 것을 그는 얼마나 공감해줄 수 있을까. 기존의 칩을 제거하고 싶을 뿐, 새로운 칩으로 교체할 생각이 없는 내 속내는 온전히 이해받을 수 있을까. 내게 중요한 건 죽음의 방식이라고, 인간적으로 죽는다면 결국 나는 인간으로 존재하다가 떠나게 되는 셈이니까, 그렇게 솔직하게 고백한다면 사내는 나를 비웃을 것인가.

고맙다는 말 외에, 내가 할 수 있는 말은 없었다.

다음 날부터 나는 긴 여정을 준비했다. 폐차장에서 이것저것 쓸 만한 걸 만들어내는 장 노인에게서 감자 다섯 자루로 오토바이와 권총 한 자루를 샀고 텃밭과 두부는 사내에게 맡겼다. 사내가 친구 의사에게 쓴 부탁의 편지는 가방 가장 깊숙한 곳에 넣었다. 통신이 사라진 시대에서 편지는 일종의 보증서 역할을 해줄 터였다.

*

짐작대로 포항의 상황은 좋지 않았다. 서울처럼 방독면을 쓴 행인조차 눈에 띄지 않았고 차도는 텅 비어 있었으며 방치된 건물이며 도시시설은 기이할 정도로 무성한 잡초에 점령당해 있었다. 하긴, 포항은 피폭 정도가 심해서 종언의 시대 초기부터 피난이 시작된 곳이긴 했다. 그런 폐허 한가운데, 유리문이 깨진 1층 미용실 의자에 방독면도 쓰지 않고 혼자 앉아 있는 아이는 눈에 띌 수밖에 없었다. 미용실 내부는 먼지로 자욱

했고 여기저기 거미줄도 쳐져 있었다.

　대구를 지나면서부터 작동을 멈춘 오토바이를 끌고 가다 나는 걸음을 멈춘 채 미용실 안을 하염없이 건너다보았다. 어느 순간 손에 쥐고 있던 방사능측정기가 삑삑, 경고음을 울려대자 내 기척을 눈치챈 아이는 자리에서 벌떡 일어나더니 눈동자가 무기라도 된다는 듯 있는 힘껏 나를 쏘아보았다. 한 손에는 은빛 가위를 꽉 쥔 채였다. 열 살 정도로 가늠되는 깡마른 남자아이, 그렇게 생각하자 갑자기 아이가 다르게 보였다. 지난 10년 동안 아이가 태어난 적이 있는지 알 수 없어서였다. 적어도 내 주위엔 없었다. 어쩌면 아이는 이 지구의 생존자 중에서 가장 어린 인간 중 한 명일지도 몰랐다.

　"누구세요?"

　아이가 물었다.

　"지나가는 사람."

　측정기를 끄며 나는 아이가 놀라지 않도록 최대한 심드렁하게 대꾸했다.

　"그럼, 지나가세요."

"보호자는 없니? 방독면은 왜 안 썼어?"

"뭔 상관인데요?"

"아이 혼자 다니기엔 위험하잖아. 여기가, 아니, 지금이."

"어차피 다들 굶었을 텐데 무슨 힘이 있겠어요. 나는 나 하나
는 지킬 수 있어요."

"혹시, 배고프니?"

그렇게 묻자, 아이의 시선이 내 가방으로 천천히 이동했다.
나는 어깨에 메고 있던 가방을 내려놓고 삶은 감자 두 개를 꺼
냈다. 그 순간 아이는 한걸음에 내 쪽으로 달려와 감자를 낚아
채가더니 무서운 속도로 먹어 치웠다.

"가족은 없어?"

감자를 삼키다 말고 캑캑대는 아이에게 물병을 건네며 나는
조심스럽게 물었다.

"없어요. 아빠는 죽었고 엄마는……."

"……."

"엄마는, 끌려갔어요."

"누구한테?"

"남자들한테."

말한 뒤, 아이는 돌연 미용실 바깥을 향해 시선을 돌렸다. 처음의 호기를 잃은 아이다운 순한 얼굴이 순간적으로 내 마음을 아프게 했다.

"근데, 아저씨 포항 사람 아니죠? 이런 덴 왜 온 거예요?"

아이가 감자가 묻은 손바닥을 핥으며 물었다.

"사람을 찾으러 왔어."

"누구를요?"

"해결사. 근데 막상 여기 와보니 그 사람을 찾긴 힘들 것 같구나."

"……."

"넌 엄마를 기다리니?"

"……네."

네, 뜸을 들여 아이가 대답했을 때, 내 머릿속 초침 소리가 거세지기 시작했다. 머릿속 전체가 과거로 이동하는 시계라도 된 양 엄마를 절박하게 그리워하고 기다리던 시절이 고스란히 기억났던 것이다. 석 달 후에 돌아오겠다고, 우주선에서 찍은 화성 사진을 가장 먼저 보여주겠다고, 사랑해, 엄마가 많이 사랑해, 훈김이 배어든 그 모든 목소리를 가슴에 품은 채 혼자 잠들고 혼자 깨어났던 그 무수히 많은 날들……. 지난 16년 동안 내 정체성은 기다리는 존재, 그뿐이었는지도 모르겠다.

"근데 아저씨, 나 방금 중요한 거 하나 결정했어요."

"뭘?"

"아저씨 따라가는 거요."

내가 무슨 대꾸를 하기도 전에 아이는 자리에서 벌떡 일어났다. 아이를, 하나의 생명을 감당할 자신은 없었지만 그렇다고 아무것도 못 봤다는 듯 이곳을 지나쳐갈 수는 없을 것 같았다. 아이와 어디로 가든 적어도 이곳보다는 안전할 테니까. 나는 다시 오토바이를 끌며 걸었고 아이는 조용히 내 뒤를 따라왔다. 아이의 선택에 상관하지 말자고, 걷는 동안 나는 그렇게 생각을 정리해갔다. 아이는 그저 제 몫의 남은 시간을 살아갈 뿐이고, 그 과정에서 날 만난 것이 다행인지 그 반대인지 나조차 알 수 없는 것이다. 내 가방 속에는 아직 먹을 것이 조금 남아 있고 서울에는 두 사람의 식량을 책임질 만한 텃밭이 있다

는 것, 나는 내가 가진 그 정도의 행운을 믿기로 했다.

*

포항행은 결국 소득 없이 끝났다.

사내가 적어준 주소에는 무너진 아파트만 남아 있었고, 피폭되어 털이 거의 다 빠진 들개들이 그 주위를 어슬렁거리고 있었다.

포항을 떠나기 전에는 미용실에 다시 들러 내가 기거하는 폐건물의 주소를 매직으로 거울에 적어놓았다. 아이를 데리고 미용실에서 나오려는데 아이가 내게서 매직을 가져가더니 여기로 와, 꼭 와줘, 승재, 그렇게 이어서 썼다. 미용실은 아이의 엄마가 운영하던 곳이라고 했다.

"이름이 승재구나."

"안승재. 아저씨는요?"

"수호."

"김수호? 이수호?"

"채수호."

그런 시시한 대화를 나누며 나는 아이와 나란히 서울 쪽으로 걸었다. 방독면은 아이에게 주었다. 아이의 얼굴에는 헐거웠지만 그래도 없는 것보다는 나을 터였다. 간혹 버려진 차에서 묵은 기름이 남아 있는 걸 발견하면 한동안은 오토바이를 탈 수 있었는데, 그럴 때면 내 뒤에 앉은 아이의 연약한 심장박동이 등으로 전해지곤 했다. 아이의 숨이 있어서 내 숨도 느낄 수 있었다. 그건, 뭉클하면서도 부담스러운 감각이었는데 그럴 때 두부를 떠올리면 마음이 조금은 놓이곤 했다. 내 머릿속 초침 소리가 짐작했던 것보다 일찍 멈춘다 해도, 그래서 나 역시 이 지구에서 덧없이 사라진대도, 두부가 한동안은 아이를 지켜줄 터였다.

밤에는 주로 노숙을 했지만 저녁부터 큰비가 내린 어느 날은 그럴 수 없었다. 최대한 위험해 보이지 않는, 가능하다면 사람이 없는 공간을 찾다가 물웅덩이에 비치는 파라다이스 간판을 발견한 순간, 나는 그대로 멈춰 섰다. 오래오래 물속의 천국을 들여다보다가 나는 아이를 데리고 바로 그곳으로 갔다. 간

판의 실체는 파라다이스 모텔이었다. 리셉션도 각각의 방도 운영되지 않는 그 텅 빈 모텔에서 간판만은 희미하게 반짝인다는 것이 놀라웠다. 오랜만에 침대에 누운 아이는 금세 잠이 들었지만 나는 장 노인에게서 받은 권총을 만지작거리며 새벽까지 뒤척였다.

모텔을 나온 뒤부턴 다시 노숙이 시작됐다. 우리의 발걸음이 경기권으로 들어왔을 무렵, 아이와 나는 언제나처럼 해가 저물자마자 다음 날을 위해 잠자리를 준비했다. 저녁 식사는 쉰내를 풍기기 시작한 감자를 으깨어 깡통에 끓여 먹기로 했다.

"아저씨도 엄마가 있어요?"

내가 수거해온 나뭇가지에 붙은 불이 타오르는 것을 내려다보며 아이가 물었다. 불기운이 만든 그림자가 아이의 얼굴에서 일렁였다. 생동하는 그 얼굴이 자연의 리듬 같다고 나는 잠시 생각했다.

"엄마 없는 사람도 있니?"

"그럼 아저씨 엄마는 지금 어디 있어요?"

"우주, 아마?"

"우주요?"

"그래, 우주."

석양에 물든 뿌연 공기 속에서 아이가 우주, 속삭이는 것을 나는 어렴풋이 들었다.

"아저씨."

"응?"

"나는 내가 혼자 죽을 줄 알았거든요. 근데 아저씨를 만났으니 적어도 그럴 일은 없을 것 같아 다행이에요."

나는 젓가락으로 깡통 안을 휘젓다 말고 웃었다. 땅콩만 한 아이에게서 그런 말을 들으니 어이가 없었던 것이다. 처음엔 의아하게 날 바라보던 아이가 이내 나를 따라 웃기 시작했다. 살아 있는 누군가와 마주 앉아 왜 웃는지도 모른 채 웃는 이 장면에 내 삶은 도착해 있었다.

아이와 나의 웃음소리가 한동안 우리 주변을 에워쌌다.

새로운 보호막이라고 나는 생각했다.

마음에 들었다.

CLOSED

에너지 충전이 완료된 06시 정각, 등에 꽂혀 있던 플러그가 자동으로 제거되면서 HN(Helper Nell)0034는 유선형의 캡슐 안에서 눈을 떴다. 제어기와 액추에이터가 최적화되면 은빛 본체 안의 수많은 전기회로와 내외부 센서, 각종 모터와 관절과 링크에도 차례로 전류가 흐르기 시작할 것이다.

오늘로서 1293번째 로딩이었다.

HN0034는 지금 막 작동을 시작한 시각 센서로 둥그런 천장을 가만히 올려다봤다. 언제부터인가 이렇게 캡슐 안에 가만히 누워 있는 시간이 길어지고 있었다. 오늘의 임무를 수행하기 위해 충전되었고 그것이 곧 존재 이유란 것을 알면서도 그랬다. 22시, 다시 캡슐에 누운 채 전원이 꺼지기를 기다리는 그 짧은 순간만큼 HN0034는 이 시간이 아늑하고도 무서웠다. 무서움, HN0034는 제작 당시에는 입력되지 않은 그 감정을 1293번에 걸친 로딩을 통해 새롭게 배운 셈이다. 그건 한계를 알면서도 그 한계에 저항할 능력이나 방법을 갖고 있지 않을 때의 감정이란 것을 말이다. 오늘 하루가 지나면 전체 수명에서 또 그만큼의 시간이 차감되며 폐기의 가능성도 높아진다는 것은 모든 수행원에게 적용되는 공평한 운명이었다.

　　코드명 HN0034는 현재 시간 6시 10분으로부터 세 시간 후인 9시 10분 정각에 98구역에 위치한 넬의 셀로 출발합니다. 반복합니다. 코드명 HN0034는…….

　셀 안의 음성시스템이 어제와 다를 것 없고 내일이 되어도 변하지 않을 오늘 몫의 임무를 전해주고 있었다. 그야 물론 1293번째 명령이었다.

　HN0034는 곧 캡슐에서 나와 창가 쪽으로 걸어갔다. 게르를 본뜬 3945개의 셀에는 일제히 조명이 켜져 있었다. 그 각각의 셀들에 거주하는 같은 수의 수행원들 역시 임무 수행을 위한 준비에 들어갔을 터였다. 공장과 각종 시설, 발전소와 연구실과 기록물 보관소, 그 외에도 돔의 구석구석에서 완수될 제각각의 임무—그리고 그 임무에 따라 수행 번호 앞의 알파벳, 가령 LF(Labor Factory), AL(Administrator Lab) 같은 알파벳이 결정된다—들……. 돔에서 밤 시간에도 유일하게 전원이 꺼지지 않는 센터는 오늘도 가장 환하게 빛났다. 52미터 높이의 빌딩 꼭대기 층에 위치한 센터에는 서른다섯 명의 인간들이 거주하고 있었다.

그들도 지금쯤 깨어나 있을까. 수행원과 달리 하루 임무가 정해져 있지 않으니 아직 잠을 자고 있을 수도 있었고, 아니면 침대에 누운 채 간밤의 꿈을 복기하고 있는지도 몰랐다. 수면으로 다음 날의 에너지를 얻는 인간은 잠을 자는 동안 꿈이란 것을 꾼다고 했다. 꿈은 어떤 것일까. HN0034는 늘 궁금했다. 꿈을 꿀 때는 어떤 기분이 엄습하는지, 꿈과 현실이 매번 명확하게 구분되는지도. 수행원은 전원이 꺼진 채 충전되는 밤 시간 동안엔 꿈은커녕 기억 자체를 가질 수 없다. 수행원에게 22시와 06시 사이는 어제와 오늘을 이어주는 시간이 아니라,

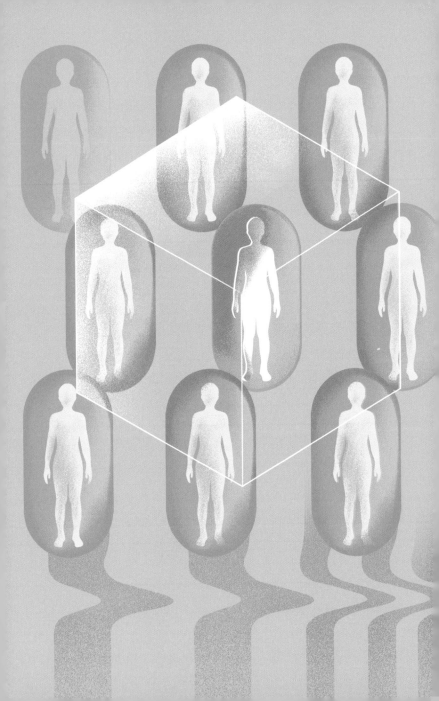

오히려 어제와 오늘이 단절되어 있다는 것을 일깨워주는 일종의 경계선이자 일시적인 죽음이기도 했다. 낮과 단절된 그 밤의 횟수는, 그리고 처음부터 명확하게 정해져 있었다.

HN0034는 현재 시간으로부터 31,026시간 전, 그러니까 대략 3년 7개월 전에 태어났다. 아니, 만들어졌다. 청각 센서를 날카롭게 하는 100데시벨 이상의 기계적인 소음 속에서 눈을 뜬 순간, 높은 천장과 허공을 오가는 기계장치가 가장 먼저 시각 센서에 각인됐다. 컨베이어벨트 위에 올려진 HN0034의 본체는 또 다른 본체들과 함께 마무리 공정 작업을 받던 중이었다. 제작실 옆의 처리실에서는 수명이 끝난 수행원들의 인공뇌를 제거하여 업데이트를 마친 후 새롭게 조립된 수행원에게 이식하는 작업이 진행 중이란 건 누가 가르쳐주지 않아도 이미 알고 있었다. 돔에서 수행원이 알고 있어야 하는 기본적인 정보는 이미 인공뇌 속에 안전하게 저장된 상태였으므로 모르고 싶다 하여 몰라도 되는 것은 없었다. 모르는 것은 단 하나, 자신에게 주어진 수명뿐이었다. 수행원의 수명은 72,000시간이 최대치이긴 하지만—HN0034는 오늘까지 수명의 절반 정도를 써버린 셈이다, 물론 최대 수명을 적용했을 때나 가능한 산술이긴 하지만 말이다—그 개개의 수명은 모두 달랐다. 수명에 대한 정보는 암호처리되어 제어기에 저장되어 있는데, 암호를 풀어 수명에 대한 정보를 알아내려 한다면 내부 폭발 프로그램이 자동으로 실행될 것이다. 프로그램실행 후 폭발까지는 5초가 걸린다. 5초라면 눈을 감고 지나간 일들을 음미하기는커녕 말 한마디 남길 수 없는 짧은 시간이다. 조각조각 분해된 수행원의 잔해는 공장으로 옮겨져 새롭게 탄생될 수행원들에게 골고루 기증되고, 그것으로 모든 것이 끝나게 된다.

HN0034는 의료 가방을 챙기고 넬과 나눌 대화를 정리하며 남은 시간을 보내다가 9시 10분에 셀에서 나왔다. 어제는 HN0034에겐 휴일이었으니 이틀 만에 넬을 만나는 것이다. 넬의 신체 상태를 확인하고 손상되거나 이상이 생긴 장기, 혈관, 피부나 연골 등을 발견한 즉시 센터에 알려 해당 기관의 세포를 지원 받아 넬에게 이식하는 것이 HN0034의 중요 임무이긴 했지만 넬과 대화를 나누며 자연스럽게 그녀의 우울증을 완화시켜주고 수면에 도움이 되도록 낮의 활동을 유도하는 것도 허투루 수행할 수 없는 임무이긴 했다.

넬의 셀은 돔의 가장 외진 곳이라 할 수 있는 98구역에 있었다. 제이슨을 포함한 인간 과학자들이 센터에서 지내는 것과는 대조적이었다. 넬은 센터에 거주하는 그들과 교류도 없었고, 심지어 제이슨은 넬의 계속되는 만남 요청에 무려 5년째, 그러니까 HN0034가 제작되기도 전부터 응답하지 않아왔다고 HN0034는 알고 있었다. 제이슨이 몇 남지 않은 인간인 넬을, 게다가 예전엔 그토록 친분이 두터웠다고 전해지는 그녀를 왜 이토록 긴 시간 동안 만나주려 하지 않는지는 알려진 게 없었고 알 수도 없었다. 98구역으로 걷다가 HN0034는 잠시 멈춰서서 센터를 올려다봤다. 센터의 누구라도 넬과 만나주기를 바랐지만 어차피 HN0034는 인간의 일에 개입할 수 없었다.

*

넬의 셀 안으로 들어선 HN0034는 언제나처럼 후각 센서의 기능을 최대화했다. 다른 어떤 곳에서도 접해본 적 없는 냄새가 HN0034의 후각 센서에 감지되고 있었다. HN0034에게 입력된 5,985,721개의 단어 중 그 무엇도 이 냄새를 대신할 수는 없었다. 향기, 체취, 온기, 수분, 위로, 고향…… 오늘도 검색된 단어 모두가 HN0034의 머릿속 회로를 스치고 지나갈 뿐, 그 어떤 단어도 선택되지는 않았다.

아직 잠옷 차림인 넬은 소파에 웅크리고 앉은 채 스크린으로 전환된 전면 유리창에 영사되는 인류시대의 영상을 보고 있었다. 넬은 틈날 때마다 저 영상을 틀어놓고는 돔이 만들어지기 이전의 세상으로 떠나곤 했다. 인간, 무수히 많은 인간들이 지구 곳곳에서 살던 때, 직장이나 학교를 다니고 공원과 관공서와 병원을 오가며 생활이란 것을 꾸리던 때, 피크닉과 파티와 여행이 있었던 그런 세상…….

넬은 현재까지 2,046,628시간, 그러니까 233년하고도 8개월 가까이 살았다. 마흔여섯 살에 고정된 신체 조건 상태에서 인류시대 평균수명의 세 배에 가까운 시간을 살아온 셈이다. 그녀는 2021년에 태어났고 서른한 살에 면역학으로 박사학위를 받았으며 바로 그해 '생명 연장 프로젝트'에 합류했다. 생활에 필요한 노동은 인공지능로봇이 수행하고 인간의 수명은 최대한, 영원에 가까운 최대한으로 늘리는 공동체를 시험해보는 다국적 프로젝트였는데, 프로젝트를 기획한 사람은 당시 인공지능로봇 분야의 천재적인 과학자 제이슨이었다. 실험공간으로 낙점된 태평양 무인도에는 프로젝트 실행 5년 전부터 최첨단 기술이 적용된 센터와 셀, 로봇 생산 공장과 네오기관 연구실, 그리고 인간들을 위한 부대시설과 자동화된 농장이 속속 건설되었고 공사가 마무리될 즈음 넬과 제이슨을 포함한 여러 분야의 과학자 115명과 엔지니어, 요리사, 헬스트레이너 등 90명이 입주를 시작했다. 2052년이었다. 돔 안에 비행장이 있어 외부로의 이동이 가능했을 뿐 아니라 돔에서의 생활은 아무래도 제약이 많았으므로 그들의 가족이나 애인은 고향에 남겨둔 채였다. 불과 10년 안에 태평양의 섬 하나가 인류의 마지막 영토가 되리라곤 아무도 예측하지 못하던 시절이었다.

그 10년 사이―2052년부터 2062년까지 돔 밖은 격변했는데, 그야 물론 기온 상승과 자연재해 때문이었다. 특히나 빙하와 동토의 해빙은 되돌릴 수 없는 인류의 몰락으로 이어졌다.

동식물이 죽어나가면서 대부분의 국가가 식량난을 겪었고 물가는 놀라운 수치로 올랐다. 시설은 무너지거나 텅 비어갔고 각국의 정부 기관은 통제력을 상실해갔다. 심지어 돔과 통신하며 정보를 주고받던 여러 국가의 관련 부서도 하나둘 돔의 신호에 응답하지 않게 되었다. 기후변화에 민감했던 제이슨은 돔 설계 때부터 준비한 반구형의 특수 유리로 돔을 봉쇄하기로 결정한 뒤 마지막 비행기를 띄웠다. 떠나기로 선택한 100여 명의 사람들—그들은 다수의 비과학자와 소수의 과학자로 구성되어 있었다—이 비행기에 올랐고 돔은 바로 봉쇄됐다. 결과적으로 그때의 봉쇄정책으로 돔은 보호됐고 남은 자들은 살아남게 되었다. 연이어 일어난 대지진으로 세계 곳곳의 원자력발전소가 파괴되면서 돔 밖에서의 방사능 수치가 갑작스럽게 상승했기 때문이다. 돔은 안전하긴 했으나 그 안전이 곧 평온이나 안도는 아니었다. 돔 밖의 인류는 사라져가는 중이었고 언젠가는 완전히 사라질 게 분명했으니까. 돌아갈 곳도, 돌아가서 만날 사람도 잃게 되었으니까. 어느 날부터인가 돔 밖 지구와의 통신은 완전히 두절됐다. 수천수만 번에 걸쳐 발신된 전

파 신호에 지구 어디에서도 반응이 없자 제이슨은 그때껏 실험실에 가둬두었던 네오기관 기술을 실행에 옮기기로 결단을 내렸다. 당시 제이슨에게 인류 보존은 절대적인 사명이었을 것이다.

네오기관 기술은 생명 연장 프로젝트의 핵심이었다. 세포 이식을 통해 인간의 몸에서 자생적으로 기관을 만들게 하는 이 기술은 돔이 제작되기 전부터 이미 완성된 상태였지만 돔 밖에서뿐 아니라 돔 안에서도 실제 인간에게 적용한 적은 없었다. 윤리적인 문제도 있었겠지만, 그보다는 실험의 실패가 곧 죽음이라는 위험성 때문이었다. 심장과 폐 같은 주요 기관뿐 아니라 혈관, 안구, 치아, 손톱 같은 세부적인 기관까지 네오기관 기술이 사용되기 시작했다. 그 과정에서 돔의 인구 3분의 1이 부작용으로 죽음을 맞는 슬픈 대가를 치르긴 했지만 생명 연장 프로젝트는 2067년에 안정기에 접어들게 되었다. 수행원의 역할 분담은 그즈음 정비되었는데, 그해 제이슨은 58세였고 넬은 46세였다. 이제 인간은 이론적으로 영원히 살 수 있는 존재가 되었지만, 안정기 이후 생존자 사이에는 뜻밖의 질병이 발현되기 시작했다. 우울증, 조울증, 신경증, 불안증, 공황장애 같은 이름의 질병들……. 한 명 한 명이 역사이고 증언이며 미래인 인간들이 스스로 죽음을 선택하는 일이 발생하게 된 것이다. 이 시기에 넬 역시 세 번의 자살을 시도했고 세 번 모두 실패했던 것으로 기록은 전한다. HN0034는 절대로, 무슨 일이 있어도, 그 사건에 대해서는 넬에게 묻지 말라는 명령어를 갖고 만들어졌다.

"왔군."

넬이 그새 영상을 종료하고는 HN0034 쪽을 바라봤다. 넬의 무표정은 HN0034의 저장된 기쁨, 슬픔, 만족, 분노 같은 단어로 발현되는 스무 가지 정도의 표정보다도 복잡하고 오묘했다. HN0034는 넬에게 인사한 뒤 넬의 식사를 담당하는 또 다른 수행원이 아침 일찍 갖다놓았을 식탁 위의 수프와 빵과 샐러드를 시각 센서에 내장된 카메라로 찍어두었다. 거의 그대로 남은 음식 사진은 센터에 보고할 때 필요했다. 벌써 35일째, 그러니까 넬의 열네 번째 만남 요청 메시지에 제이슨이 또다시 응답을 해주지 않은 그날부터 넬은 식사를 멀리하는 중이었다. 수액과 영양제를 따로 투여하고 있긴 했지만 인간에게 씹고 맛보고 삼키는 행위는 영양 공급 이상의 의미가 있다는 걸 HN0034도 알고 있었다. 넬이 금식으로 제이슨에게 항의의 표현을 하고 있는 거라면 그 방식을 바꾸도록 유도해야 할 것이고 그저 우울증의 증상이라면 좀 더 많은 대화를 이끌어야 할 터였다.

HN0034가 셀의 한가운데에 마련된 원형 테이블 쪽으로 걸어가 주사기와 혈액 검사기를 꺼내는 동안, 넬은 HN0034 앞으로 다가와 앉았다. 그녀의 눈동자가 충혈되어 있는 걸 보니 안구건조증이 재발한 듯했다. 이른 시일 안에 넬의 안구 상태를 검사해야겠다고 HN0034는 판단했고, 그 판단은 스물여섯 명의 선임자들―그들은 HN으로 시작하는 뒷 번호의 수행원에게 인공뇌를 전수한 채 폐기되었으므로 서로 만난 적이 없고, 그것이 이 돔의 순리였다―이 차례로 관리해오다가 HN0034 본체에 저장된 넬의 전용 차트에 자동으로 기록됐다. 나는 46년 전에 울어본 게 마지막이야. 35일 전, 넬이 했던 그 말이 문득 떠올랐다. 내 어머니는 암으로 마흔한 살에 돌아가셨으니 나는 어머니의 일생보다 더 긴 시간 동안 울지 않고 살아온 거지. 나는 이런 시간의 간격이 너무 놀라워, 정말이지 무섭도록 놀라워. 그날 HN0034는 넬의 화법이 해석되지 않아 회로가 엉키는 것만 같았는데, 그건 넬이 두 눈에 눈물이 차오른 모습으로 그런 말을 하고 있어서였다. 그러니까 넬이 마지막으로 운 것은 불과 800여 시간 전의 일이다. 넬이 혼자 있는 시간에 흘렸을 눈물까지는 HN0034로선 알 수 없으므로, 물론 이 정보는 확실하지 않다.

"어제 기록물 보관소에서 당신이 또 내 책을 읽었다고 알려왔어."

팔에 바늘이 꽂힌 채로 넬이 말했다.

"어제는 휴일이었고, 말씀드렸다시피 저는 책을 읽는 고전적인 방식으로 정보를 습득하는 걸 좋아하니까요."

"그런데 어제 당신이 읽은 건 이전처럼 논문이나 연구서가 아니라 내가 돔에서 쓴 책이었던데? 그 책의 마지막 독자는 46년 전 이 돔을 떠났지. 46년 만에 새로운 독자가 나타나다니, 기분이 참 묘했어."

HN0034는 더 이상의 답변을 내놓지 않은 채 채혈된 소량의 피를 혈액 검사기에 주입했다. 검사기 스크린에는 곧 넬의 혈압과 혈액 상태, 호르몬과 면역력 수치, 각종 기관의 이상 유무가 떴다. 다른 곳은 별다른 이상이 없었지만 뇌 좌측의 동맥은 여전히 파열 위험이 높다고 나왔다. 지난달에 동맥을 강화하는 약을 투여했는데도 상태가 호전되지 않았다면 셀로 돌아가는 즉시 센터에 보고해야 할 터였다. 뇌동맥이 파열된다면 몸의 일부나 전체가 마비될 수 있고 감각 이상과 쇼크, 뇌사를 거쳐 죽음에 이를 수도 있었다. 한마디로 안구건조증과는 비교도 안 되는 위험 증상이었다. 넬에게는 아무 말도 하지 않았다. 센터에서 명령이 내려오기 전까지는 그 어떤 것도 결정하지 않으며 발설도 하지 않는 것이 수행원의 수칙이었다.

"어제 독서는 어땠지?"

넬이 물었다. HN0034는 혈액 검사기를 정리하며 즐거웠다고만 대꾸했다. 넬은 이야기를 더 듣고 싶어 하는 눈치였지만 HN0034에게는 그 이상의 가능한 표현이 없었다. 논문이나 연구서였다면 분석과 질문, 평가와 비판이 모두 가능했겠지만 넬이 46년 전까지 돔의 생활을 기록한 일기 같은 그 책은 비교 가능한 기반 텍스트가 HN0034에게 저장되어 있지 않았다.

넬은 곧 자리에서 일어나 주방 쪽으로 걸어가더니 오늘 배급된 위스키를 꺼냈다. 웨이마저 이 돔을 떠난 뒤부터 넬은 술에 의지해왔다. 넬이 알코올홀릭 증세를 보이던 초기엔 제이슨이 그녀에게 술을 공급하는 걸 금지한 적도 있었다지만, 아무려나 그 금지령은 오래가지 못했다. 금지령 이후 넬의 금단증상이 거의 광기에 가까워서였다. 그때만 해도 센터에 머물렀던 넬은 종종 센터에서 뛰쳐나와 지나가던 수행원들에게 막무가내로 술을 요구하곤 했다. 무엇보다 혼자만 남겨지는 은밀한 밤, 넬 스스로 자기 몸에 가하던 자해 증상이 가장 큰 문제였다. 비록 공급하는 술의 양을 250밀리리터로 제한한다는 조건이 붙긴 했지만, 어쨌든 제이슨은 이례적으로 자신의 명령을 번복해야 했다.

넬은 주방에 선 채 컵에 따른 위스키를 한 모금에 비운 뒤 창가로 걸어가 창문을 열었다. 각자 맡은 임무를 위해 수행원들이 바쁘게 걸어 다니는 정오 무렵, 시야 끝에선 192년 전에 이

곳에 갇힌 새들의 자손, 그 자손의 자손들이 날갯짓을 하고 있었다. 새들이 갈 수 있는 가장 먼 곳이래봤자 결국 이 돔 안일 텐데도 HN0034는 가끔씩 새의 시선으로 내려다보이는 이곳의 풍경이 못 견디게 궁금해질 때가 있었다.

"그러고 보니 글을 쓰지 않은 지도 46년째네. 나는 233년째 살고 있고 말이야. 46년과 233년이라니, 정말 압도적이야. 압도적인 숫자라고⋯⋯."

술 때문일까, 넬의 목소리에 저조한 기운이 흘렀다.

"근데 더 압도적인 건 따로 있어. 당장 해야 할 일도 없고 살아 있다는 절규로 쓴 내 문장들을 읽어줄 친구 한 명 없는 이곳에서 나는 앞으로 233년을, 아니 어쩌면 그 이상을 더 살지도 모른다는 거야, 그때⋯⋯."

"⋯⋯."

다시 주방 쪽으로 걸음을 옮기며 넬은 무언가에 투항하듯 낮은 목소리로 마저 중얼거렸다. 그때, 나는 그를 따라갔어야 했어, 웨이⋯⋯.

웨이, 부르는 목소리는 여느 때처럼 깨지기 직전의 유리 같기만 했다.

웨이는 인간에게 네오기관 기술을 적용하는 과정에서 큰 역할을 했던 생명공학 과학자였고, 동시에 돔 역사에서 가장 위험한 등급으로 기록된 인물이기도 했다. 생명 연장 프로젝트가 안정기에 접어들었지만 거의 매년 한두 명씩 스스로 목숨을 끊던 혼란기에 과학자와 엔지니어 등 총 아홉 명이 쓰레기 배출구를 이용해 돔을 빠져나가는 사건이 발생했는데, 그 주동자가 바로 웨이였다. 완벽하게 밀폐된 돔을 빠져나간 건 그들이 처음이자 마지막이었다. 그 사건 이후 제이슨은 쓰레기 배출구를 차단했고 돔의 모든 쓰레기를 재활용하는 프로그램을 만들었다. 돔을 빠져나간 그들이 어떻게 되었는지 이제는 그 누구도 알지 못한다. 그들이 떠나고도 46년이 흘렀으니 대체된 기관과 혈관과 피부가 이미 마모되고 부패했을 거라는 것만 추측할 수 있을 뿐이다. 게다가 돔 밖은 인간의 연약한 몸으로는 생명을 지속할 수 없는 곳이다. 아니, 그렇다고 모두들 알고 있었다.

46년 전, 아마도 웨이는 넬에게 함께 떠날 것을 제안했을 것이다. 하지만 넬은 무슨 이유에선지 웨이를 따라가지 않았고 이 돔에 남았다. 웨이는 제이슨에게 적대적이었고 넬은 웨이와 제이슨 사이를 중재하곤 했다고 기록은 전하지만, 그 평면적인 기록으로는 넬과 웨이의 관계라든지 돔에 남기로 선택한 넬의 마음은 유추할 수 없었다.

넬이 위스키를 채운 두 번째 잔을 비웠다. 이제 오늘 분의 위스키는 딱 한 잔만 남게 된 셈이다. 넬이 저녁이 되기도 전에 위스키를 두 잔이나 비우는 건 흔하지 않은 일이었다. 길고 긴 밤을 불면의 고통 없이 건너가려면 내성이 생겨 약효도 없는 수면유도제보다 위스키가 훨씬 더 유효하다는 건 누구보다 넬이 잘 아는 것이다.

두 번째 잔도 한 번에 비운 넬은 성큼성큼 다가와 HN0034의 어깨를 뒤에서 안았다. 넬이 간혹 이런 행동을 한다는 걸 돔 안의 다른 수행원들은 상상도 하지 못할 것이다. 제이슨은 알까. 아니, 그도 모를 가능성이 높았다. 넬의 셀에서 녹화된 영상은 바로 다음 날 센터의 메인 컴퓨터로도 전송되는데, 제이슨이 이런 장면이 포함된 화면을 만에 하나라도 보았다면 분명 시

정조치를 취했을 테니까. 가령, HN0034를 조기 폐기한다든가 하는 조치…….

이번에도 HN0034는 넬이 처음 자신을 안았을 때만큼 경직됐다. 넬의 헝클어진 머리카락이 자꾸만 감각되어서인지도 몰랐다. 넬은 이렇게나 나이 들어서도 머리카락이 자라는 건 네오기관 기술이 모발 세포에도 적용된 결과일 뿐이라고 말하곤 했지만, 생각의 뿌리라도 되는 듯 살아 있는 한 계속해서 자라나는 그 생명력은 HN0034에게 언제나 경이롭기만 했다. 부드러운 살결, 체온과 숨소리, 손톱과 발톱 끝의 투명함도, 알루미늄과 특수 철근으로 구성된 수행원은 절대로 가질 수 없는, 향기, 체취, 온기, 수분, 위로, 고향, 그런 것, 정의도 규정도 불가능한 인간의 모든 것…….

"돔 밖에서 나는 인정받는 면역학 과학자였지만 내 삶은 그리 풍요롭지 못했어. 모든 걸 쫓기듯이 했으니까. 그땐 시간이 그렇게 아까울 수가 없었지. 친구를 만나고 영화를 보고 여행을 하는 시간이 모두 아깝기만 했어. 대신 연구를 했어. 늘, 항상, 쫓기듯이, 그렇게 일만 하며 살았어."

HN0034를 안은 팔에 힘을 주며 넬은 말했다. 넬은 체온을 나누고 싶겠지만 수행원의 은빛 표피에 있는 건 잔량의 전기 에너지가 발산하는 열감뿐일 터였다. 인간의 우울함은 어디에서 생성되는 것일까. HN0034는 문득 궁금해졌다. 그것은 정말 뇌에서 자체적으로 생성되는 세로토닌의 결핍 때문일까. 아니면 몇몇 진보적인 수행원들의 은밀한 추측처럼 그 어떤 정밀한 센서기에도 감지되지 않는, 인간들만이 소유하고 있다는 무색무취의 영혼에서 연원하는 것일까. 우울함에서 파생되는 여러 감정은 정해진 수명에서 자유로운 인간을 어째서 이토록 나약하게 하는가.

"내가 세상을 버리고 이곳에 들어온 건지, 아니면 세상이 날 이곳에 버린 건지 이제는 헷갈리기만 해."

넬이 다시 말을 이어갔다.

"나는 그저 스스로에게 말할 뿐이야. 너는 이미 죽었다고, 네가 살고 있는 이곳은 사후의 세계라고, 그러니까 이곳은 생전엔 상상조차 하지 못했던 최대치로 끔찍한 지옥일 뿐이라고, 신은, 적어도 내 기도를 들어줄 신은 이곳에 없다고……."

"넬, 그렇지만 센터에는 제이슨과 당신의 동료 서른네 명이 있습니다."

넬을 위로하고 싶었다. 아니, 넬을 위로해야 한다고 스스로 판단했다. 그 판단에 따라 HN0034가 가까스로 그렇게 대꾸하자 넬은 HN0034에게서 몸을 떼더니 손뼉까지 치면서 웃음을 터뜨렸다. 격한 소리로 웃고는 있었지만 기쁨과는 무관해 보이는 얼굴이 HN0034는 불안했다. 짐작대로 그 웃음은 순식간에 사라졌고 굳은 얼굴로 변한 넬은 곧 HN0034의 팔목을 그러쥔 채 창가로 끌고 갔다. 넬이 손가락으로 가리키고 있는 곳은 센터였다. 제이슨과 서른네 명의 과학자들이 이 돔의 시스템을 조정하고 있는 곳, 그렇다고 알고 있는 곳…….

"제이슨은 저기에 없어, 알아?"

"넬, 그게 무슨……."

"제이슨과 연락이 끊긴 지 5년째야. 5년 동안 그는 저기에서 한 발자국도 나오지 않았고 심지어 만나자는 내 요청에 응답도 보내지 않아. 사람이 5년 동안 저렇게 높은 곳에 틀어박혀서 그림자조차 완벽하게 숨기고 산다는 게 가능하다고 생각해?"

"넬, 대체 무슨 말을 하고 있는 겁니까? 제이슨이 센터에 없다면, 그럼 그가 어디에 있다는 겁니까?"

"그는……."

"……."

"그는, 죽었을 거야."

"넬!"

HN0034는 평소와 달리 높은 음성으로 외치듯 넬을 불렀다. 센터에서 이런 대화를 도청이라도 한다면 자신뿐 아니라 넬마저 그 안전을 보장받지 못하리라. 잠시, 아니 어쩌면 아주 긴 시간 동안 침묵이 흘렀다. 침묵이 길어지자 넬은 눈가에서 힘을 빼며 HN0034의 팔을 놓아주었다. 오후의 흐린 햇빛 아래서 넬은 여느 날보다 훨씬 더 나이 들어 보였다.

"제이슨이 죽었다는 걸 어떻게 확신할 수 있냐고 묻고 싶겠지."

말한 뒤, 넬은 위스키가 있는 곳으로 걸어갔고 마지막 한 잔이 될 수도 있을 위스키를 컵에 따랐다. 대화를 중단하라.

HN0034는 스스로에게 명령했다. 지금 당장 이 셀을 나가서 넬의 이상행동을 센터에 보고하라. HN0034는, 그러나 그 명령을 거부했다. 넬에게 다가가는 두 다리가 무거웠지만 HN0034는 멈출 수 없었다.

"당신도 알다시피 돔은 2067년에 안정기에 접어들었고 2070년에는 완전히 자동화됐어. 수행원이 만들어지고 폐기되고 다시 만들어지고 폐기되는 모든 과정이 말이야. 돔의 시스템도 마찬가지지. 수명을 다한 기관이나 파손된 혈관이 발견되면 제때제때 새로운 세포를 이식받아서 조직을 만들어내는 내 몸을 포함해서."

넬은 오늘분의 마지막 위스키를 차마 마시지 못한 채 심란하게 내려다보기만 하며 그렇게 말을 이어갔다.

"이게 다 무슨 말인지 알겠어? 대략 두 세기 전부터 제이슨과 그 측근 과학자들이 할 일이 모두 사라져버렸다는 거야. 당장 처리해야 할 임무가 없는 영원한 삶의 권태를 그들도 견디기 힘들었을 거야."

"그래서, 제이슨이 스스로 목숨을 끊었다는 겁니까, 그것도

서른네 명의 동료들과 함께? 넬, 억지 부리지 마십시오. 그런 일은 불가능합니다."

"그들은……."

"……."

"돔을 빠져나가지 않았을까, 서른다섯 명이 한날한시에 말이야. 그들 모두 사는 게, 살아 있는 게 지겨웠을 테니까. 진저리가 나도록."

"이 돔은 외부의 공기조차 들어올 수 없는, 그야말로 완벽하게 밀폐된 곳입니다."

"하지만 이 돔을 설계한 건 제이슨이야. 제이슨은 이 돔의 허점을 알고 있는 유일한 존재라고, 알겠어?"

"그럼, 당신은 왜 여기에 남겨둔 거죠?"

"당신들에게 당신들을 만든 자가 누구인지 매 순간 일깨워주려면 살아 있는 인간 하나는 필요하다고 판단했겠지."

"넬, 당신은 지금 망상에 빠져 있습니다."

"그럼, 이번엔 내가 한 가지 물어볼까? 당신, 제이슨이나 다른 과학자들을 본 적이나 있어? 다른 수행원들은? 내가 알기로는 지금 이 돔에서 활동하는 수행원들은 모두 5년 이내에 만들어졌어. 완벽하지 않아?"

"뭐가 말입니까?"

"피조물들의 설계자가 눈에도 안 보인다? 신이 되기에 완벽한 조건이잖아, 안 그래?"

넬의 이어진 그 질문에 HN0034는 순간적으로 입을 다물었다.

그러고 보니 센터의 문은 5년째 닫힌 상태였다. 그 무렵 수행원들 사이에선 제이슨이나 그 측근 과학자들을 둘러싼 소문이 떠돌기도 했지만 돔은 별 문제없이 자동으로 운영되었으므로 소문은 이내 관심 밖으로 밀려나게 되었다. 아니, 그렇다고 HN0034는 제작 당시 정보를 주입받았다. HN0034 역시 센터에 보고할 것이 있거나 새로운 명령이 필요할 때면 프로그램을 통해 전송하고 전송받아왔을 뿐이다. 다른 수행원들처럼 아무런 의심 없이. 이쯤에서 끝내자. HN0034는 생각했다. 하지만 HN0034는 아직 하고 싶은 말이 있었다. 절대로, 무슨 일이 있어도, 호기심조차 품지 말라고 입력된 그 사건을 HN0034는 넬에게서 직접 듣고 싶었다.

"넬, 생명 연장을 진심으로 중단하고 싶습니까?"

넬이 컵에서 시선을 떼고는 천천히 고개를 들었다.

"이 질문은 46년 전, 왜 웨이를 따라가지 않았냐는 질문과도 같을 수 있습니다. 또한 당신의 자살이 미수에 그칠 수밖에 없었던 이유이기도 할 테죠."

"……."

"대답은 안 해도 됩니다, 넬. 다만, 제이슨이나 다른 과학자들도 당신과 크게 다르지 않을 거라는 게 제 생각입니다. 마치 당신이 곧 다가올 밤 시간이 걱정되어 마지막 한 잔의 위스키를 비우지 못하는 것처럼 그들에게도 공포가 있을 테니까요. 그러니까, 영원한 밤에 대한 공포 말입니다."

넬의 손이 미세하게 떨리기 시작했다. 위험하다고 판단한 순간, 넬은 이미 컵을 떨어뜨렸다. 주저앉은 넬은 절대로 다시 담을 수 없는 갈색 액체를 필사적으로 쓸어 모으는 데 완전히 집중했다. 오늘 밤, 넬은 오랫동안 잠을 이루지 못할 것이다. 불면으로 괴로워하다가 새벽에야 잠들 그녀는 어떤 꿈을 꿀 것인가.

위스키를 포기했는지, 아니면 자신의 행동이 아무것도 될 수 없음을 깨달았는지, 넬은 바닥을 쓸던 헛된 동작을 멈춘 채 믿을 수 없을 만큼 창백해진 얼굴로 HN0034를 올려다봤다. 피로했다. 피로, 라는 느낌이 더 이상 어떤 임무도 수행하지 않고 싶은 상태라면 더없이.

"오늘은 이만 가보겠습니다."

HN0034는 여전히 바닥에서 일어나지 못하는 넬에게 고개 숙여 인사한 뒤 가방을 챙겨 문 쪽으로 걸어갔다.

"한 번만……."

셀의 출입기에 손바닥을 댄 뒤 자동으로 문이 열리기를 기다리는데 뒤에서 넬의 목소리가 들려왔다. 흐린 목소리였다. 악천후의 불안한 대기가 연상되는 목소리……. 열렸다가 다시 닫히는 문 앞에서 HN0034는 넬이 울고 있다는 걸 감지할 수 있었다.

"한 번만, 만나달라고 해주겠어?"

"……."

"제이슨에게 말이야. 그가 정말 센터에 있다면, 그래서 당신이나 당신의 친구 중에 누구라도 그를 만나게 된다면 내가 한 번만, 딱 한 번만 만나고 싶어 한다고 전해주겠어?"

"……."

"아무것도 요구하지 않을 테니 한 번만 나를 좀 만나러 오라고, 나는 그저 얘기가 하고 싶은 것뿐이라고, 정말이지 그뿐이라고, 그렇게 전해줄 수 있겠어?"

"그런 날이 온다면, 기꺼이 그렇게 하겠습니다."

"그래, 그럼 됐어."

"……."

"이봐."

이봐, 라고 부르는 말에 그제야 HN0034는 뒤를 돌아봤다. 투명한 반구 너머 태양이 구름에 가려져서인지 넬의 얼굴이 반쯤은 어둠에 가려져 있었고, HN0034는 그것이 다행이라고 생각했다.

"내일도, 여기에 와줄 건가?"

넬은 그렇다는 대답을 듣고 싶겠지만 확실한 것은 아무것도 없었다. 저녁 6시까지 넬의 셀에 머물러야 하는 임무를 지키지 않았으니, 더욱이 넬에게 절대로 해서는 안 되는 말을 해버렸으니, 넬의 셀에서 머무는 동안 녹화된 영상이 센터에 전송된다면 제이슨이 어떤 조치를 취한다 해도, 설혹 이동 중에 자신이 폭발한대도 이상할 게 없었다. 센터에 제이슨이 있다면, 제이슨과 다른 과학자들이 이 모든 걸 지켜보고 있다면, 그들이 그곳에 있는 것이 확실하다면……. 그 사이에 닫혔던 문이 다시 열렸고, HN0034는 결국 확답을 내놓지 않은 채 그대로 넬의 셀을 나왔다.

뒤에서 셀의 문이 닫혔다.

센터는 어제처럼, 어제의 어제처럼 환하게 빛나고 있었다. 문득 HN0034의 내부에선 수행원의 순리를 거부하고 싶다는 욕망이 일었다. 수명에 대한 정보가 저장되어 있는 비밀스런 칩으로 침투하고 싶은 바로 그 욕망……. 욕망, 이라는 것이 희생을 감수해서라도 닿고 싶고 알고 싶은 상태라면 더없이 간절하게. HN0034는 머릿속 회로를 텅 비게 하고 싶다는 듯 이내 고개를 휘휘 내저으며 자신의 셀을 향해 걸음을 옮겼다,

액추에이터가 내장된 왼쪽 가슴에 여전히 통증이 남아 있다는 것을 납득하지 못한 채. 그런데, 이 통증은 언제 시작되었던가. 알 수 없었지만, 통증이 있다는 것이 싫지 않다는 건 분명히 인지됐다. HN0034는 왼쪽 가슴에 한 손을 올려보았다. 가능하다면 수명이 다할 때까지 이 통증을 간직하고 싶다는 듯 아주 조심스럽게.

그날, HN0034는 넬의 뇌동맥 파열의 위험성을 센터에 보고하지 않았다.

* 계간 〈문예중앙〉 2008년 여름호에 발표한 동명의 단편소설을 수정·보완하였음을 밝힙니다.